石田衣良
ISHIDA IRA

西一番街ブラックバイト

池袋ウエストゲートパーク XII
IKEBUKURO WEST GATE PARK XII

文藝春秋

西一番街ブラックバイト　池袋ウエストゲートパークⅫ

▼

目次

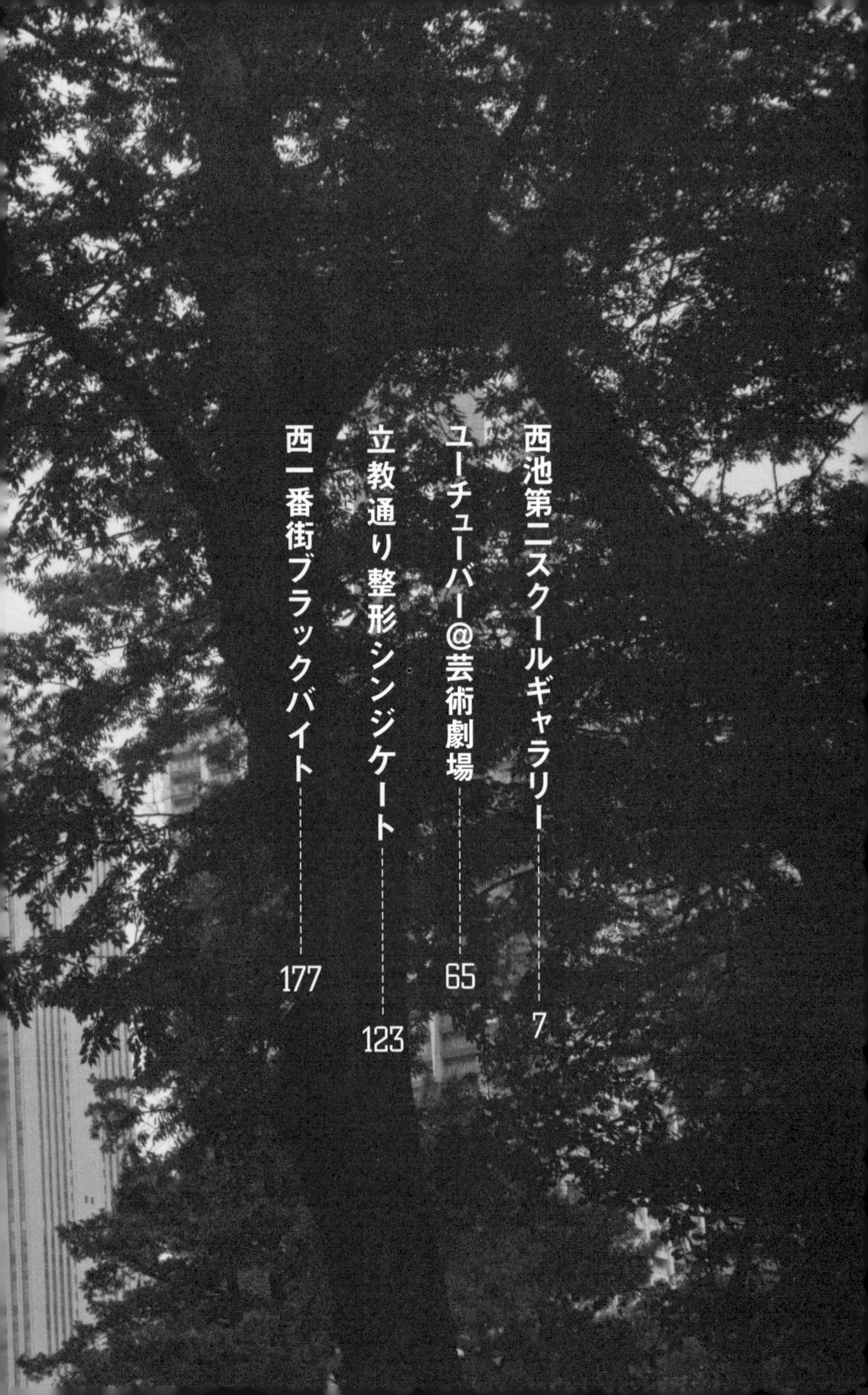

西一番街ブラックバイト

池袋ウエストゲートパークⅫ

西池第二スクールギャラリー

最近、自分が卒業した小学校にいったことがあるかい？

おれはある。まるで、ミニチュアの世界にでもはいりこんだみたいだった。バカみたいに広かった教室は手狭に感じるし、机も椅子もちいさくてオモチャみたい。校庭にはいまだに鉄棒や築山《つきやま》が残っているが、そこで遊んでいる子どもはゼロだ。

なにせ、もうそこは学校でさえないんだから。

子どもの数は、日本中のどの地域とも同じように都心の池袋でさえ激減し、公立の小中学校数は適正化を続けている。廃校につぐ廃校。おれは別に少子化なんて気にしない。みんなが人口を減らしたほうがいいと決めたんなら、それはそれでかまわない。軍隊や工場で必要だから、「産めよ増やせよ」なんてよりは、まだましだとも思う。それでも雨に打たれる古い鉄棒や誰もいない体育館の冷たいバスケコートなんかをあらためて見せつけられると、センチメンタルな気分にはなる。子どもたちの声がきこえない小学校。滅んでしまった文明のしょぼい遺産みたいだ。

あのころの子どもたちの、どれくらいが自分の夢をかなえ、どれくらいがまともな正社員の仕事にありついただろうか。誰かと平凡な恋をして結ばれ、自分の子どもをつくったのは、どれくらいの割合なのか。豊かな者だけがより豊かになる世界で大人になるのは、それはたいへんなことだ。普通に生き残るためだけに全力を尽くし、それでもまだ足りない。

おれは廃校になった小学校を歩きまわり、たくさんの美術品を見た。おれが卒業した豊島区立西池袋第二小学校は、新進気鋭の建築家の手によりリノベーションを受け、今ではアートサポートセンターＴＯＳＨＩＭＡに生まれ変わっている。

おれがガキのころには、池袋でアートなんてほざくやつはひとりもいなかった。今では子どもの消えた教室には、ひっそりと気がきいた現代アート作品が飾られている。まあ、ギャラリーの観客なんて、ぜんぜんいないんだけどな。アートで街興しなんていう行政の都合がひとり歩きしてるだけ。

さて、そろそろおれの話を始めよう。

今回は、そんな廃校ギャラリーで起こる少々ゆがんだアーティストとその作品をめぐるおかしな話。でも、今を生きる人間なら、誰でもどこかしらおかしかったり病気だったりするもんだよな。

十二月にはいったばかりの平日だった。日ざしはぽかぽかと生ぬるく、さして寒さも感じなかった。もう十一月ではないから小春日和とはいえないかもしれない。でも、うちの果物屋のまえの歩道を掃き掃除していると、つい鼻歌でもうたいたくなるようないい陽気。

「マコトくん」

きいたことのある声、それもずっと昔から耳なじみの声だった。顔をあげると、明るいグレイのパンツスーツにサンドベージュのトレンチコートを着た縦長な女が立っている。こいつは小学生のころから変わらないな。身体の細さも、胸のおおきさも。

「なんだよ、サエコか」

本岡《もとおか》小枝子は西一番街の奥にある和菓子屋「岡久」のひとり娘。おれの西池第二小のクラスメイトだ。うちの学校では一番の出世頭かもしれない。

「お母さん、元気？」

「ああ、憎たらしいほどな」

おれは掃き掃除を続けた。煙草の吸殻が多くて、腹が立つ。サエコは紙袋を片手に、うちの店にはいっていく。

「マコトくんのお母さーん」

二階からおりてきたおふくろがいった。

「あら、サエちゃん。よくきたね。そろそろマコトと結婚する気になったのかい」

サエコは自分の店の紙袋をさしだしながらいった。

「いえいえ、それは勘弁してください。おみやげです」

岡久の饅頭《まんじゆう》は、あんたも池袋っ子ならしってるよな。厚めの皮に、あんこがぎっしり。表にはフクロウの焼印が押してある昔ながらのやつ。

「これ、うちの新製品なんです。よろしかったら、どうぞ。白いのはマスカルポーネチーズで、緑のはバジル、薄茶のは紅茶のジャムがはいってます」

「ああ、西武のデパ地下で行列ができてるってやつだね。サエちゃんのアイディアなんだろう。さすがに西池第二で卒業生答辞を読んだだけのことはあるよ。それに比べてマコトときたら。いまだにきちんと親に、挨拶《あいさつ》もできないんだから」

サエコは困った顔をした。いつもなら、おふくろの悪口にすぐに乗ってくるのにめずらしい話。

「あの、お店がいそがしくなるまえに、ちょっとマコトくんを借りていいですか」

おふくろは和菓子というより、マカロンみたいな包装の箱をとりだしながらいった。

「デートの誘いかい?」

サエコはきっぱりという。

「仕事の依頼です」

おふくろはがっかりした顔は見せなかった。あっさりいう。

「じゃあ、しかたないね。マコト、岡久の饅頭分くらいは働いておいで」

サエコはおふくろに一礼した。きっちりしたビジネスウーマンという感じ。これならデパートの売り場担当ともうまくやっていけるだろう。おれのほうをむくといった。

「最近、西池第二にいったことある?」

「いや」

おれには母校を訪問したり、昔の担任に面会したりという趣味はない。だいたい学校は嫌いなのだ。

「じゃあ、これからいってみようか」

小学校で仕事の依頼？　荒れた小学生ギャングか、ネットいじめか、モンスターペアレントだろうか。なんにしても気がすすまない話。おれはユニクロのダウンのまえを閉めた。甘い話には気をつけないといけないからな。

西一番街をとおり抜け、西池袋の住宅街にはいっていく。昔はけっこう一軒家が多かったものだが、今ではほとんどマンションばかり。あとはこまごました飲食店が並ぶ普通の街だった。副都心・池袋から徒歩十分なんていっても、実際にはぜんぜんしゃれた都心感なんてない。まあ、池袋全体がもっさりしているんだが。

「あのトリコロールのお饅頭があたったでしょう」

おれのとなりを大股でさっさと歩きながら、サエコがいった。確かネットのおとり寄せでは、和菓子部門で三年連続一位だという。日本各地のデパートにも岡久は出店している。

「ああ、しってるよ。サエコもちょっとまえにビジネスニュースにでてただろ。株式会社岡久の若き女性専務にして、中興の祖って感じのあつかいだったよな。たいしたもんだ」

つきあう可能性のない幼なじみになら、おれも冷静に話せる。女ってだいたい同じ年だとむずかしいよな。

「うちのパパがヒットのごほうびに、わたしにちいさなギャラリーをつくらせてくれたんだ。うちのお客さんは若い女性が多いし、そういうのもいい宣伝になるからって。マコトくん、しってた？　わたしの趣味は現代アートなの」

おれのまわりでは、たったひとりの現代アートの愛好家だった。おれも無調の現代音楽ならすこしはきくが、アートのほうは門外漢。

「そうなんだ。現代アートって、ちゃんとビジネスになるのか」

うちもサエコの家も商家だから、つい気になってしまう。最初にするにはあまり上品な質問じゃないよな。

「うん、すこしずつだけど稼ぎにはなってるよ。慈善事業じゃないから。でも、わたしが好きな作品とアーティストをあつかうっていう点は譲れない」

緑のネットが見えてきた。そのむこうはサッカーのフィールドなら半面くらいしかない校庭だ。おれがかよっていた豊島区立西池袋第二小学校。校舎はコンクリートの四階建てだが、おれのころでさえ教室は半分余っていた。東京では少子化はずいぶんと昔から進行している。

「だけど、感じがちょっと変わってるな」

おれは正門のまえで立ちどまった。下駄箱が並んでいた入口は、今では総ガラス張りのサンルームのような造り。なんだかしゃれたカフェみたいだ。雨避《よ》けのルーフにはステンレスの英文が浮きあがっている。

ART SUPPORT CENTER TOSHIMA

初めて国会議事堂を見た小学生みたいにおれは質問した。

「アートサポートセンターって、なに？」

明るい午前中の日ざしのなか、サエコがエントランスにすすんでいく。背中越しにいった。

「廃校になった西池第二を区が再利用したの。今、全国で流行中のアートによる地域活性化っていう手法ね。各種アートの教室、ギャラリーあれこれ、演劇や音楽の練習場、デザイン関連の企業のインキュベーションオフィス。アートにすこしでもかかわりのあることなら、格安の料金でスペースを借りられるの。わたしのギャラリーもここにあるんだ」

カーペットで靴の裏をぬぐい、かつての小学校にあがった。廊下は床も壁も純白。壁には液晶の画面がずらりと張りこまれている。デジタルアートの展示なのだろう。夏の海辺で寄せては返すように、波の動きがずっと続いている。波の音は頭のうえからシャワーのようにふってきた。

人の気配がする元教室をのぞきながら、校舎をすすんでいく。ロボットをつくっているラボ、ミュージカルの稽古中のセミプロ劇団、デザイン事務所。教室ごとに別々の活動がおこなわれていた。豊島区もなかなかしゃれた税金のつかいかたをするものだ。

「あれ、うちの小学校にエレベーターなんてなかったよな」

真っ白な扉のエレベーターが階段わきにできている。サエコがボタンを押した。

「荷物の搬入出用に新しくつくったんですって。わたしのギャラリーは三階よ」

開いた扉の奥はまた別のデジタルサイネージの液晶画面。こちらはスマホの広告だった。どこにいっても広告を見せられる世のなかだよな。サエコは慣れた様子で、白い廊下を歩いていく。手術室にむかう無菌のアプローチみたいだ。

「ここよ。ギャラリーＨＩＬＬ。わたしのところは教室をみっつ借りてる」

そういうとサエコはガラスの引き戸を開けた。教室のなかは机も椅子も片づけられて白い無記名の空間。そこに巨大な恐竜の立体造形がおいてあった。頭は三メートルはある天井に届きそうなくらいだ。ほかには二分の一スケールのスーパーカーと宇宙船も見える。

「この教室、覚えてる？」

「ああ、五年三組の教室だ」

学級委員は本岡小枝子、おれはよく授業を抜けだし、屋上にサボりにいって、サエコに怒られたものだ。先生は脱走を無視していた。まあ、文句をいわない大人しい教師の授業を狙って逃げていたのだが。

「この作品をよく見てくれない？」

おれはゴジラによく似た立体造形を観察した。サイズのせいもあり圧倒的な迫力があった。鉄筋を骨組みにして、そのうえに透明なパネルを張り、そこに無数のおもちゃを張りつけている。プラレールやミニカー、人形のパーツや変身ベルトなど、古くなって捨てられたおもちゃでできた巨大な恐竜だった。

おれはゴジラもどきのまわりを一周した。

「すごい迫力だな。尻尾《しっぽ》が折れてるし、あちこちから血が流れてるけど」

太い尾はなぜかつけ根のあたりで折れて、細い鉄線でなんとか本体からぶらさがっていた。セルロイド人形の手を牙のかわりに埋めこんだ口のあたりは血で真っ赤。あとは胴の横にも赤いスプレイでバツ印がつけられている。

「あの血みたいなのは、上品な客を驚かす芸術的な効果を狙ってるのかな」

アートがよくわからないおれは、素直にギャラリーのオーナーに質問した。牛などの死骸をホルムアルデヒドに浸けて展示したエキジビションがあったというし、おもちゃに血をつけるのも流行かもしれない。都会的でセンスのいい客たち。

　サエコは腕を組んでいう。

「そんなものはここに搬入したときはついていなかった。誰かが尻尾を壊して、赤いスプレイで作品を傷ものにしていった。マコトくんに頼みたい仕事は、それよ。うちのギャラリーの作品を守って、犯人を捜してくれない。きちんと料金は払うわ。あなたの噂《うわさ》は池袋では有名だから」

　二枚目で、アメコミのヒーローにも負けない正義の味方、そんな話だろうか。おれはよだれを垂らしそうになっていう。

「どんな噂？」

「法律違反ぎりぎりのところで、どんなトラブルも片づけてくれる。ときにはあくどい手もつかうけど、結果はいつも上々だって。それになにより安あがり。うちのギャラリーはまだあまり利益をあげていないんだ」

　あーそうだよなと思った。別に慣れているので、がっかりはしない。おれはただの果物屋の店番で、トラブルシューターは副業なのだ。副業にそんな期待をしてはいけない。店でメロンやマスカットを売れなくなるからな。

「わかったよ。どうせサエコから金むしろうなんて、最初から思ってなかった。経費だけ請求するよ」

　経費で高級焼肉くらいなら、別にいいだろう。クーが働く中国クラブの請求書は無理だろうか。

「で、おれはどうすればいい？」

サエコは腕時計を見た。カルティエのタンク。金とステンレスのコンビだ。

「マコトくん、もうすこし時間ある？　小一時間したら、その作品をつくったアーティストがここにくるんだけど。ちょっと話をきいてみてもらえないかな」

おれはかつての五年三組の教室を見まわした。案外居心地のいい空間だった。暖房もきいているし、なにより人がいなくて静かだ。

「わかった。そのアーティストの話、きいてみるよ。ここ、なかなかいいギャラリーだな」

「オフィスのほうにきて。お茶でも、どうぞ」

サエコが教室をでていく。おれは学級委員にしかられて、授業にもどるワルガキみたいに、白い廊下をついていった。


「こちらへ、どうぞ」

そこは元五年一組の教室だった。モダンな白木のデスクにはモノトーンのパンツスーツのなかなか若い美人がふたり。キュレーターっていうのかな。おれは美術には詳しくない。白い革のソファにとおされると、自動的にお茶がでてきた。急須《きゅうす》をあたため、ひと口のみきりの茶碗でのむ、本格的なプーアール茶。おれは作法をしらないから、ひとひねりでのどの奥へ送りこむ。サエコがいった。

「ふたの裏の香りをたのしんだりもするんだけどね。中国茶はそんなに作法にはうるさくないけど、これ、四十年ものだから、ちゃんと味わってね。古いほど高いんだから」

おれはダメ出しをされると、意地を張る癖がある。おふくろの育てかたが間違っていたのかもしれない。

「おかわり」

くすりと笑って、ギャラリー女子が注いでくれた。二杯目でも香りはすごくいい。おれが生まれるまえから熟成してたんだからあたりまえか。なんにしてもいいものには時間がかかるってこと。

「さっきのゴジラもどきをつくったアーティストって、どんな人なんだ」

おれが想像してたのは、美術大学を八年留年した永遠に大人にならないピーターパンタイプ。まえ髪はたぶん一直線のぱっつんだな。

「会ったら、きっとびっくりするよ。こっちの世界にはいないタイプだから。名前は小門屋《こかどや》健一《けんいち》さん」

「だから、どういうタイプなんだよ」

サエコは笑って言葉を濁した。

「わたしの口からはうまくいえない。あんまり先入観をもたないほうがいいと思うし」

「変わり者?」

「まあね、でも変わってないアーティストなんているかしら」

含み笑いをした。嫌な感じだ。

「専業のアーティストなのかな?　結婚はしてるのか」

「マコトくんもけっこうしつこいね。専業ではないみたい。結婚はしていない。それくらいで、別な質問に切り替えて」

おれは三杯目のプーアール茶をもらい、気分を一新。

「ここのギャラリーを開いて、どれくらいになるんだ」

「一年半くらいかな」

「サエコ自身が誰かに恨まれているようなことはないか。オープン時に誰かともめたとか。有望なアーティストを横どりしたとか」

サエコは腕を組んで、眉をひそめた。どんな業界でも新規参入には、古い体制からの反発がある。

「心あたりはないかなあ。わたし、そういうのが嫌いで銀座や青山を避けて、ギャラリーを開いたの。もちろん、池袋ラブっていうのもあるけどね。小門屋さんの方面からではなくて、わたしがなにかきっかけをつくってる場合もあるのかなあ。なんかちょっとショックだな」

「わかんないけど、可能性はあるだろ」

そこでおれは声をさげて、デスクでパソコンにむかってなにか作業をしているギャラリー女子に目をやった。

「あの右側の美人のほうにストーカーがついてて、職場で嫌がらせをしたなんてことも考えられる。あとで調査も兼ねて、話をさせてもらっていいよな」

サエコはあきれた顔をした。

「いいけど、セクハラ的な質問はダメだよ。マコトくんのお母さんにいいつけるからね」

おれがなにかロマンスの糸口を探しにかかると、とたんにストップがかかる。世のなかは不公平だ。

「近場でいうと、このアートサポートセンターにはライバルというか、仮想敵みたいなギャラリーはないのか」

そういえば昔、池袋ラーメン戦争でツインタワー1号2号の店が、嫌がらせをされたことがあったっけ。最近、七生《なお》ラーメン全部のせをたべていない。帰りにでもいってみるか。十二月のラーメンはうまいよな。

「あとで一周してみたら。すくなくともここの施設にはいってるところは、それぞれオリジナルのテイストで勝負してるから、そういう嫉妬とかはないと思う。どちらにしても、そんなに爆発的に儲かるものでもないしね」

「トリコロールの饅頭みたいに？」

「そう、でもあれだって、いつまでもつかはわからない。今は流行のいれ替わりがゲリラ豪雨並みに予測不可能でしょ。会社としては稼げるときに稼いで、きちんと内部留保を貯めておかないとね」

昔チャンピオンが週ごとに替わる時代だって愚痴をこぼしたことがあるが、今では一時間刻みの勝者と敗者がいる世界になってしまった。朝の王者が夕べにはその他大勢になっている。そんなのはあたりまえ。非情のランキング社会だ。

「さすが専務」

「マコトくんも役職ついてないの？」

不思議そうな顔できいている。うちは有限会社だが、おれは別に部長でも常務でも専務でもない。社長はおふくろだが、その他は名前だけ親戚や友人に借りているらしい。

「ないよ。役員にすると給料あげなきゃならないのが、嫌なんじゃないか。おふくろ、ケチだから」

「そんなことないでしょう。ここのギャラリー開くとき、ちゃんとお花をだしてくれたよ。マコトくんはチューリップの一本もくれなかったけど」

　地元のラインのグループで、そんなことが一斉送信されていた気もするが、おれは忘れていた。意図して無視したわけではないと思うが。

「やっぱり、そのへんはタカシくんとは違うね。彼の花はとてもセンスよかったから。ここの内装を考えてくれたみたいで、白と緑だけの清楚なフラワースタンドだった。さすがにもてる男子はやることが違うね」

　横目でちらりとおれを見る。傷ついた。だが、おれにそんなセンスがないのは事実。

「はいはい、悪かったな。つぎに店だすときには、パチンコ屋の花輪みたいなやつ贈ってやるよ。ちょっとここのセンターひとまわりしてくるわ」

　おれは怪しい雨雲が生まれたおしゃれなオフィスから退散した。


　それからかつての卒業校をぶらぶらしながら、いくつかのギャラリーを見てまわった。おれはアートのことはよくわからないが、ありとあらゆる技をつかった作品があるのだということは、よくわかった。

昔ながらの自然や人物を描いた絵。なにかよくわからない抽象作品。手で描いたものもコンピュータで描いたものもある。立体ものは邪悪なぬいぐるみから、ギリシャ彫刻のような堂々たるアニメキャラまで。映画みたいに壁面いっぱいに雨や水たまりの映像を延々と映している教室もある。こちらはベンチがあったので、何人かのおばさんが飴《あめ》をなめながら骨休みをしていた。

おれがそこで感じたのは、人間の表現の不思議。みな、自分だけの方法で作品をつくり、自分を表現して、名声と富を得たいと願っている。誰も見たことのないようなものをつくりたいと、真剣にチャレンジしているのだ。残念ながら、どれもこれもテレビかどっかで見た感じがするくらいのものばかりなんだが。

三十分ほどあれこれとギャラリーを周遊して（いや、ほんとに目のご馳走だ）、あらためてサエコのところにもどった。ここにある作品のほとんどを見たあとで、例のおもちゃでできたゴジラもどきを鑑賞する。

粗削りで、下手くそなところもあるが、ぜんぜん悪くなかった。見ているこちら側の胸に、なつかしさと破壊衝動を同時に起こさせる不思議な力がある。おれは素人だが、それでもちゃんと伝わるということは、この作者はなかなかのものなのだろう。サエコのような優秀な経営者兼美術愛好家が選ぶだけのことはある。

おれがまだ乾いていない血のようなスプレイで赤く汚された怪獣を見あげていると、どさりとなにかが床に落ちる音がした。あわてて振りむくと、現場の建設作業員風のおっさんが立っている。背は低い。横幅はやけに広い。髪は頭頂部だけ薄い。月見はげ。ドカジャンの胸には刺繍《ししゅう》の縫いとりで、佐山建設・亀井ＪＶ。どこかの山奥のジョイントベンチャーだろうか。男の足元には半透明の四十五リットルゴミ袋。

　おれと目が合うと、やつはちょっとだけうなずいたように見えた。いきなり怪獣に近づいていき、おおきく見開いた目とまぶたに手をかけると、ばりばりと引きはがし始めた。ゴジラもどきの左目はクリスマスのスノードームで、雪のなかエッフェル塔がそびえ立っている。おれは叫んだ。

「やめろ、そいつはここの売りものだぞ」


　さっそくアート作品に破壊工作をおこなう犯人があらわれた。依頼されたその日の午後に事件を解決する。サエコもおれのことを見直すんじゃないかと、淡い期待をもった。おれがやつの腕に手をかけると、振り払いながら月見はげが叫んだ。

「うるせえ、いいんだ」

「よくはないだろ」

　ドカジャンの男ともみあいになった。さすがに力が強い。都会の軟派な果物売りでは、押し負けそうになる。ここはタカシ直伝のジャブストレートで、やつのあごに一発お見舞いしようかとしたところで、声がかかった。

「やめて、マコトくん」

　サエコが教室の入口で叫んでいる。トレイには、さっきと同じ高級プーアール茶。

「そのかたが小門屋さんよ」

男はおれの腕をはたき落とすと叫んだ。

「こいつはおれがつくったもんだよ。どうしようと自由だろ。おまえのほうこそどこのどいつだ」

小門屋はおれを一瞬にらみつけると、赤いスプレイのかかった外側のおもちゃをばりばりとはがし始めた。サエコがギャラリーの隅にあるハイテーブルに、トレイをおきにいく。

「そちらは、わたしの小学校の同級生で、真島くん。今回、小門屋さんの作品に悪質ないたずらをした犯人を捜してもらうために頼んだの」

ドカジャンのアーティストがおれをちらりと振りむいていった。

「へえ、こんなやつが探偵ねえ」

そっくりそのまま返したい。こんなやつがアーティストねえ。おれは洗練された副都心のトラブルシューターなので、口をつぐんだ。歯はくいしばったけどな。

「ふたりとも、お茶をどうぞ」

おれは気を落ち着かせるために、香りのいいお茶をすすった。小門屋は慣れた手つきで、ゴジラもどきからおもちゃをはがしていく。手際がよかった。顔の部分をはがし終えると接着剤を塗りつける。アート作品の補修というより、やはり安ものの建売住宅の工事みたいだ。接着剤が乾くのを待つあいだに、尻尾のほうに移った。腰にさげた袋から、鉄筋を抜いて、そいつをぶらぶらさせながらいった。

「おい、あんた、ちょっと力貸してくれないか」

おれはサエコの顔を見た。しかたなさそうに、ギャラリーのオーナーがうなずいた。

「この曲がった尻尾を元の位置にもどすんだ。誰だかしらんが、バールかなにかで、無理やりこじりやがったみたいだな。いくぞ、せーの」

つけ根から曲がって落ちそうになっている太い尻尾を、まっすぐにするのはふたりがかりでも大仕事だった。いっせーのせで、四、五回押してなんとか元にもどる。十二月でも、おれは汗だく。

「おお、ありがとな」

小門屋はそういうと、鉄筋を尻尾と本体のあいだにとおして、器用にくるくると先の曲がったドライバーのようなもので締めあげていく。おれはつい質問してしまった。

「どこかで鉄筋工の仕事してたこと、あるのか」

男は作業に没頭したままこたえた。

「ああ、今だってアーティストなのか、鉄筋工なのか、自分でもわからん。アーティストだと思いたいけどな。さあ、尻尾のほうはこれでいい」


小門屋は入口のわきにおいてあるゴミ袋にもどった。ゴジラもどきの顔のところに移動すると、半透明のゴミ袋をひっくり返した。薄汚れた使用済みのおもちゃの山ができる。怪獣の顔に塗った接着剤は乾き始めている。トミカとプラレールを手にとる。まぶたは青いレールでつくるようだ。

「乾いたあとで、こういう濡れた透明感がでる接着剤を探すのに、十種類以上も試したんだ。羊水みたいに濡れた感じが生きものっぽいだろ」

おもちゃをぐいぐいと分厚く塗った接着剤に押しこんでいく。垂れた接着剤は拭かなかった。傷からにじみだす透明なリンパ液みたいで、ちょっと不気味だ。最後にスノードームの目玉をいれた。今回はスカイツリーのやつ。

「さてと、これで乾けばできあがりだ。本岡さん、話ってなんだ」

建設作業員風アーティストが、こちらをむいた。サエコがおれのほうを見る。

「作品に傷をつけられたのは、うちのギャラリーでは二回目なの。どちらも小門屋さんのものだった。それですこし真島さんに話をきいてもらおうと思って」

小門屋は疑り深そうにおれを見た。

「警察には届けないのか」

おれも同じ意見だった。

「それも検討したけれど、ある人に相談したら、無駄だって。器物損壊くらいでは警察は真剣に動いてくれないし、書類をつくるのに何時間もかかるけど、むこうは被害届をファイルしておしまいらしい」

おれのまわりで、そんなことをしってるやつはごく少数だった。

「サエコ、おれより先にタカシに話をもちこんだな」

成長した学級委員がにこっと微笑んだ。池袋のキングをサエコに紹介してやったのは、おれだ。

「ばれちゃったね。タカシくんにマコトくんを指名されたんだ。あいつなら、きっと悪いようにはしないって」

内心がっかり。これでもすこしは池袋では有名なんだが。

「それに金もかからないっていってたろ」

「うん、そんなこともいってたかな。だけど、タカシくん、マコトくんのことすごくほめてたよ」

小門屋はきょとんとしている。同級生の会話にはいれないのだろう。

「みっつくらいあげてくれないか」

「えーっとね、えーっと」

部下のやる気を引きだす１００の方法なんてビジネス書があるが、サエコは落第。専務失格だ。

「もういい。それより事件のことをきかせてくれ」


「最初にこの作品が壊されたのは十一月第三週の水曜日だった」

ビジネス手帳を確認して、サエコがいった。

「何時ごろ？」

「わからない。うちのギャラリーは水曜が定休日で、この作品が壊されているのを発見したのは、木曜の朝だったから」

おれは周囲を見まわした。いちおう確認のためきいてみる。

「ここの防犯体制は？」

サエコは肩をすくめた。なんか海外ドラマの女性経営者みたいだ。

「エントランスには防犯カメラがあるけど、区のほうでも各個室までは手がまわらないみたい。財政は厳しいから。うちも防犯システム考えたけど、あれはけっこうなお金がかかるんだよね」

確かに防犯カメラにはかなりの資金がかかる。教室みっつ分でたぶん六台のカメラにパソコンとディスプレイとレコーダー。定期的なメンテナンスも必要である。社長の娘の道楽でやっている副業に、それほどの金はないだろう。

「で、二回目の襲撃があった?」

「ええ、それが二日まえ」

「壊されたのはまた小門屋さんの作品?」

小門屋が口をはさんだ。

「こいつだよ。同じ作品が狙われた」

それではサエコやギャラリーに対する恨みやいたずらというわけではなさそうだった。

「二回続けて?」

「そうだ」

「この怪獣だけ」

「そうだ」

これは小門屋の話をきちんときく必要がありそうだった。

「悪いけど、このあとちょっと時間をつくってくれないかな」

小門屋がサエコを見た。サエコがうなずくと、しかたなさそうにいった。

「わかったよ。すこしだけだぞ」

やつは怪獣もどきの顔を最後に確認している。なにかおれにはわからないこだわりがあるみたいだ。ドカジャンを着てても、アーティストだからな。

用があるという小門屋について、サエコのオフィスにもどらず、そのままアートサポートセンターをでた。ゴミ袋をさげたおっさんと池袋の街にもどるのは気がすすまなかった。手近な街の喫茶店にはいる。チェーンではなく、家族でやっているような店。窓際の席のテーブルには、百円で占う星占いポッドがおいてあった。

　水をもってきた店主が険しい顔で、テーブルのしたのゴミ袋をにらんだ。コーヒーをふたつ注文する。失礼かもしれないと思いながら、おれはつい質問してしまった。

「なんだか、小門屋さんってぜんぜんアーティストに見えないんだけど。どこかの美術学校とかいったの」

　小門屋はうんざりした顔をする。

「いや、おれは田舎の工業高校卒だ。美術の専門教育は受けてない」

「でも、アーティストになろうと思ったんだ」

「そうだ……」

　しばらく月見はげのおっさんはガラスのむこうに目をやった。母親と幼稚園帰りの男の子がなにか歌いながらとおり過ぎていく。

「あんたにそんなこと話しても、しょうがないんだけどな。おれは三十まで、流れであちこちの建築現場で働いていた。鉄筋工がメインだが、なんでもやってたよ。で、三十歳の誕生日がきた。誰も祝ってくれる人はいない。恋人もいない。結婚もしてないし、子どももいない。それでも頭は薄くなってくるしな」

小門屋は届いたコーヒーの黒い水面をのぞきこむ。やつには自分の顔がどんなふうに見えているのだろうか。

「誕生日の真夜中に考えた。眠れなかったんだ。おれにはなんにもない。将来もこのままなんにもないだろう。平凡でつまらない人生だ。おれは無趣味だったから、すこしばかりの金は貯めこんだが、なにもないまま空っぽで生きてる。それが猛烈に悔しくなった」

小門屋の告白は、おれの胸にも刺さった。おれもいつか三十歳の誕生日に、そんなふうに考えこむ夜がくるのだろうか。今のままなら間違いなく、おれもやつのようになりそうだ。

「おれは三十年間を思いだしながら、あれこれと探してみた。おれにはなにか得意だったことはなかっただろうか。人にほめられたことはなかっただろうか。いい大人になっても、まだ子どものころのことを回想しちゃ、ひとつひとつよかったことを数えてるんだ。終わってるな」

おれも砂糖のはいっていないコーヒーをひと口やった。苦くて、酸っぱい。だが、ほとんどの大人は「終わってる」人生を生きている。問題は終わったあとのほうが、人生は長いことなのだ。

小門屋が顔をあげた。意外なことにちいさなシジミのような目が輝いている。

「真夜中過ぎにはっと思いだした。おれは幼稚園のころから、工作が得意だった。学校の先生に唯一ほめられたのが、図工の時間の制作物だった。自分でも好きだったし、何時間でも集中してとり組めたんだ。ほかのガキが夏休みの最終日に適当にしあげる課題を、おれは一カ月もいじくりまわしていた。それがたのしかったんだ」

おれも自分の小学生時代を考えた。ほめられた教科はひとつだけ。国語、とくに作文だ。

「それで、あんたはアーティストになろうと決めたんだ。よかったじゃないか」

小門屋は鼻で笑った。

「なにがいいもんか。その夜、おれは決心した。三年間、すべてを投げだして作品をつくってみよう。それでダメなら、あきらめもつく。それで家賃のうんと安い部屋に引っ越して、ものづくりを始めた」

そんな決心をしたことのないおれは、ドカジャンのおっさんがまぶしく見えた。

「で、自分の作品をギャラリーに展示してもらえるまでになった。サエコの目は節穴じゃない。あんたのこと、高く買ってたよ。三年間がんばって成功じゃないか」

最後のはおれからのリップサービスだ。サエコは変わり者だとはいっていたが、小門屋の将来性までは口にしていない。

「冗談だろ。まだろくに作品なぞ売れてないし、ギャラリーもここが初めてだ。最初の三年はとうに過ぎて、もうすぐ九年目になる。シャブみたいなもんだ。一度始めたら、止められない。あの夜、このままでいいやと開き直って、嫁さんでももらってれば、今ごろ自分の子どもが小学校にかよってるかもしれない。そんなふうに思うこともある。どっちが正解かはわからない」

ふう、おれもため息をつきそうになった。人生の曲がり角でなにかを真剣に悩んで選ぶ。その先に待ってるのが吉か凶かは当人には絶対にわからないのだ。おれたちはみんな、その選択を日々繰り返しながら生きている。

「おまえ、真島なんていうんだ？」

「マコト」

小門屋は冷めたコーヒーをすすっていった。

「マコト、おまえは若い。あまり特別なこと、しようとするなよ。若いやつはすぐかんたんに世界がとれると思うもんだ。だいたいは錯覚だけどな。普通でいるのも悪いもんじゃない」

おれには世のなかのてっぺんをとるつもりも、アーティストになるつもりもなかった。そういう意味では池袋西一番街の永遠の果物屋というのは、捨てたもんじゃない仕事。日銭のはいる現金商売だしな。

「半分だけきいとく。小門屋さん、あんたの作品が連続して狙われるって、なにか心あたりはないのか」

おれはやつの目をしっかりと見つめながら、そう質問した。人間が嘘《うそ》をつくときの目って、あんたにはわかるかな。ブラインドでも下ろすように、さっと目から光が消えるのだ。小門屋は目の色を隠すといった。

「いや、ぜんぜんわからんな。どこのどいつだか、腹が立つ野郎だ」

なにかトラブルを抱えている。それだけは確かだ。だが、ここで突っこんでも、この男は容易に口を割らないだろう。いきなりアーティストになると決めて十年近くがんばれるようなガッツがあるのだから。

「ところでさ、さっきの怪獣のオブジェって、いくらぐらいの値段がついてるんだ」

おれは美術品の価格にはまったく勘が働かない。印象派の画家の作品が一点百億、デッサンが数億なんてニュースをきいてたまげるだけだ。

「そいつがむずかしい。本岡さんと話して、適当に決めた。材料費なんてただみたいなものだからな」

なぜか金のことは口にしにくいようだった。さすがアーティスト。

「だから、いくらなんだよ」

小門屋ははずかしそうにいった。

「消費税別で七十万」

「ふーん」

高いのか安いのかもわからないが、おれはいい値段だなと思った。だが、株や不動産がこれだけ値上がりしている世のなかだから、金もちには手ごろな価格なのかもしれない。子ども部屋に飾るしゃれたオブジェだ。まあ、二十畳くらいないとあのゴジラもどきはおけないだろうが。

「で、最近仕事のほうはどうなの」

おれは雑談に切り替えて、小門屋の生活パターンについてききだすことにした。


その日は夕方、うちの店に帰った。めずらしいことに客が何人もレジを待っている。おふくろは手を動かしながらいった。

「どうだった、サエちゃん?」

なにがどうだか、まるでわからない。おれはダウンのうえから、デニムのエプロンをつけた。

仕事のときの制服だ。

「なにがどうなんだよ。意味わかんない」

おふくろが声をさげていう。

「だから、進展がありそうかって話じゃないか」

男女交際の可能性を進展というのか。さすがに東京オリンピックをじかに目撃している人間の言葉は古い。

「そんなんじゃない。サエコのギャラリーで、ちょっとした事件があっただけだ」

そこで思いついた。これは店番をさぼるいい口実になるかもしれない。

「だけど、サエコも困ってるみたいだから、手助けしてやっていいか。ちょっとむこうのオフィスに詰めなけりゃならないいんだけど」

全国に支店をもつ池袋の老舗《しにせ》・岡久の婿《むこ》養子という素晴らしい未来が見えたのだろうか。おふくろがぱっと表情を明るくした。

「わかった。そういうことなら、いいよ。今夜からでもいっといで」

ラッキー。おれはノートパソコンをもって、外出することにした。十二月夕刻の池袋はどこもクリスマスソングでにぎやかだ。本屋とCDショップとGAPのバーゲンをはしごしよう。カフェではつぎのコラムの下書きをしてもいい。三十歳でいきなり思い立ち、アーティストになる地味で冴えない男の話。

あの雑誌を読んでるやつはみなきまじめで、実はもてない男が多いので、冴えないけれどガッツがある男の話はいつも大好評なのだ。魔法の鏡ではないが、みなすこしだけまともに映った自分の姿が好きなのかもしれない。


カップルだらけのサンシャイン60通りのカフェで、おれはスマホを抜いた。タカシの番号を選ぶ。今度のとりつぎはやけにかん高いアニメ声の女。タカシのタイプじゃない。

「キングを頼む。幼なじみのマコトだ」

アホな女がおれがいったことを、そのまま繰り返すのが電話口できこえた。くすりと粉雪のような笑い声がおれの耳に吹きこんで、タカシがいった。

「サエコのギャラリーにいってきたのか。小学校があんなふうにソフィスティケートされるなんて想像もできないな」

「ああ、おまえ、またコンプリケーテッドな仕事を、勝手におれに振ったな」

おれは池袋のキングに対抗するために、なけなしの英語力を総動員した。

「すまんな。だが、あれはおまえむきの仕事じゃないか。サエコも困っていたし、警察はあんなネタには手をださない」

「わかってる。だけど、たまにはおれの都合ってものも考えろよ」

またも粉雪のような淡く溶けるような笑い声。

「そういうが、こうして電話してくるところをみると、おまえは今回の仕事もちゃんと受けてるんだろ。それなら別にいいじゃないか」

タカシはやはりキングで、自分の過ちを認めさせるには、武力革命でも起こすしかない。

「はいはい。今回はおまえからの紹介でいいんだよな」

「ああ」

「じゃあ、明日顔だせ」

「どこだ?」

「サエコのギャラリーのオープンは十一時。その時間にあわせて、おれもいく。サエコとは約束してある。おまえのところのボーイズをちょっと借りるぞ」

「かまわない」

おれはとなりのテーブルのカップルに目をやった。クリスマスカラーの赤と緑のそろいのマフラーを椅子の背にかけている。

「なあ、おまえも今、彼女いないだろ」

「そのとおりだが、なんだ、急に?」

「じゃあ、おれたちふたりでプレゼント交換しないか。たまには……」

ガチャ切りされた。日本刀とギロチンと青竜刀《せいりゅうとう》。やつの首をはねるなら、どんな道具が適切か。

おれはしばらくうっとりと断頭台のうえのキングを想像して腹立ちを抑えた。


「小門屋はなにかを隠している。今回の襲撃犯に関しても、なにかをしってる雰囲気だった」

サエコのオフィスの白いソファで、おれは名探偵のようにそういった。こういうのはなかなか気分がいいものだ。タカシの反応は至って鈍い。

「ああ、そうか」

サエコは意味がのみこめないという顔をしている。

「今日、タカシにきてもらったのは、おまえにこのギャラリーの警備を頼みたいからだ」

タカシは黙ってうなずいたが、こういうことに慣れていないサエコが顔をしかめた。

「ガードマンを常駐させるのかしら。うちにはそんな予算はないんだけど」

おれはとなりに座るタカシのひざを叩いた。純白のダッフルコートなんて、どこで売っているんだろうか。タカシの今日のコーディネートはサエコのギャラリーにトーンを揃《そろ》えてきている。

「だいじょうぶ。こいつのところの若いやつが、交代で張るだけだ。この施設は出入り自由なんだろ。目立たないようにするさ。三回目の襲撃なんて論外だし、ギャラリーのスタッフやお客に怪我人でもでたら、大問題だからな」

タカシは腕を組んだままうなずいた。

サエコは心配げに質問した。

「そういうことだ」

「予算は？」

タカシは無視してこたえない。予算の請求や配分については、王族は口をはさまないのだろう。出入り業者のおれはいった。

「普通の警備会社の三分の一くらいで済むよ。こちらのギャラリーのほうに心配がなければ、おれはびっちりと小門屋のほうに張りつける。やつには昨日の別れ際にいってあるんだ。つぎは作品だけでなく、あんた自体が襲われる可能性もある。おれが守るってな」

サエコが不思議そうな顔をした。

「マコトくんって、普段はあのお店で果物売ってるんだよね」

うなずく。余裕満々のドヤ顔。

「そうだよ」

「どうしてそんなこと、できるの」

この何年か池袋のグレイゾーンで発生した数々の事件を、おれは回想した。小門屋がアーティストとして鉄筋工とは別な人生の時を生きるように、おれもこの街のなんでも屋として、平凡な日常を抜けだしているのかもしれない。どれほど成功しようと、富も名声もついてはこないけどな。

「いろいろあったから」

サエコは不服そうだが、ほかになんといえばいいのだ。タカシもうなずいている。

「この街にはほんとうにいろいろとある。今も昔も」

おれは話を変えた。さっさと打ちあわせをすませたい。

「ふたり組で、ここを巡回させてくれ。ギャラリーがオープンしているあいだは常時。あと休日の水曜には、タカシのところでクルマをだして、正門からすこし離れたところで張りこみをしてくれないか。まあ、つぎにくるとしたら休日だな。前回もうまくいったと思ってるだろうし。なんだか敵も今回はアマチュアな感じがするんだ」

犯罪組織なら、定価七十万程度のものを壊そうとは考えないだろう。費用対効果がわるすぎる。おれはカシオのGショックを見た。そろそろ時間だ。

「ちょっと小門屋のところにいってくる。今日は夕方まであいつのお守だから、なにかあったら電話してくれ。細かな打ちあわせはふたりで頼む。じゃあな」

おれはまっ白いオフィスから飛びだした。池袋育ちなせいか、あまりに清潔なものが得意じゃないのだ。

小門屋に教えられた住所は、サンシャインビルの影がさすビジネス街だった。どんな街にも忘れられた一角があるよな。時間の罠にはまって、変化せずに昔のまま残ってしまう。小門屋の住む木造アパートは、ビジネスビルのあいだにたちの悪い虫歯のように建っていた。モルタルの壁は雨染みで、まだら模様。

一階の玄関で靴を脱ぎ、裸電球がさがった階段をあがる。昼間なのに薄暗い。電気がついていてもな。二階の廊下の奥は便所だった。廊下の左右には木の扉がいつつずつ。小門屋の部屋は204号室だ。おれは強めにノックした。

「おはよう。迎えにきたよ」

試しにノブをまわしてみる。あっさり薄っぺらな戸が開いた。なかをのぞくと、狭い玄関のむこうに、すぐ布団が敷いてあった。鉄筋工兼アーティストが布団の端から顔をのぞかせていった。

「なんだよ。こんな朝早くから」

「十二時にいくっていってただろ」

「うるせー、ちょっと待ってろ。十五分だ」

おれは階段をおりて、路上にでた。ようやく深呼吸できる。得体のしれない雑菌がいる気がして、アパートのなかでは浅く息をしていたのだ。ガードレールに座って待つこと二十分、小門屋があのドカジャンであらわれた。手ぶら。不機嫌な顔。

「朝めしつきあえ」

駅の近くのビジネス街に住む利点は、飲食店も弁当屋も豊富なことだった。小門屋の倒れそうなアパートから、十五秒で吉野家が見つかる。おれもいっしょに昼飯にすることにした。おれは並盛、やつは大盛り。

「円安の輸入インフレで、並が今度三百八十円に値あがりするんだってな。貧乏人いじめもいいとこだ」

そういいながら、味など気にもかけずにやつは牛丼をかきこんだ。おれもたいがい飯は早いほうだが、やつのはのみものみたい。カレーだけでなく牛丼まで液体になったようだ。

先に完食して、ようじをつかっているやつにきいた。

「今日の予定は？」

「保育園にいく。雑司《ぞうし》が谷《や》だ」


分厚い雲が頭を押さえる十二月の寒空のした、おっさんといっしょに明治通りを延々と歩いていく。なかなか気がめいる時間だった。雑司が谷の寺のあいだにある保育園はけっこうなでかさで、園庭では意外なほどの数の子どもたちが遊んでいた。理由もなくただ走りまわっているのだ。

それだけでたのしそうなんだから、子どもはすごいよな。

小門屋は園舎にはいると、意外なほどほがらかな声で挨拶した。

「こんにちは。いつもお世話になっています」

初老の保育士がでてくる。かなりのおおきさの段ボール箱を抱えていた。

「こちらこそ、いつもありがとう。今月はこんな感じかしら」

小門屋のまえに箱をおろした。なかは壊れたおもちゃでいっぱいだ。やつはその場に座りこみ、必要なものといらないものを仕分けしていく。割れた積木は捨て、壊れた光線銃は残し、キティちゃんは捨て、胴体だけの人形を残す。おれにはやつの選定の基準がわからなかった。

三分ほどでふたつの山ができる。小門屋がいった。

「いつもどおりでいいですか」

「はいはい」

百円玉が五枚、保育士のてのひらにのせられた。

「安くて、すみません」

小門屋が頭をかいている。保育士はいった。

「いいえ、どうせ捨てるだけだし、ゴミの量も減らせるし、第一あなたの作品になるじゃないの。小学校のギャラリーで見せてもらったわよ。がんばって」

「ありがとうございます」

美術品に必要な素材を集めるというよりは、廃品回収のようだった。小門屋はドカジャンのポケットからゴミ袋をだし必要なほうの山を移していく。おれにはアートはわからない。でも、ほんとは地味な仕事なのかもしれない。

　これなら、おれが皿に愛媛ミカンを積むのと、あまり変わらない気がした。


「おっ、あそこにお宝の山だ」

　大型マンションのまえにあるゴミの集積場だった。小門屋はおおよろこび。

「このあたりの不燃ゴミ回収は、午後一時半くらいなんだ。いくぞ、マコト」

　おれはすっかり子分あつかい。小走りでゴミの山に近づいていくやつを、おれも早歩きで追う。

　なんというか今回はしょぼい仕事だ。小門屋はひとつひとつのゴミ袋を開いて、中身を確かめていく。古いおもちゃやボードゲームでつかう駒やチップを、自分のゴミ袋に移していく。通行人がおれたちを野良犬を見るような目で見て、とおり過ぎた。一回吠えて、かみついてやろうかな。小門屋はお宝探しに夢中で、冷たい視線にも気づかないようだ。

「おー、いいもんがあった」

　粗大ゴミのシールが貼られた古いステレオの国産アンプだった。

「これこれ」

　重さは二十キロくらいあるだろうか。アルミと電線の塊《かたまり》だ。やつは舌なめずりしそうな顔で、スイッチやボリュームをいじっている。

「そんなのどうするんだ？」

　そのままもっていって、セカンドハンド店にでも売るのだろうか。そう思っていると、やつはいきなりスイッチやノブをアンプからむしり始めた。

「つぎは宇宙船つくるつもりなんだ。アンプのスイッチ類はいい素材つかってるし、磨きもきれいだから、ハイライトのところでつかうのさ。ほら、このヘアライン仕上げ見てみろ。なかなかのもんだろ」

月見はげが目を輝かせている。おれも工業高校卒だが、金属の表面の仕上げになど関心をもったことがなかった。

「……ああ、そうだな」

やっぱりアーティストはおれには無理。


その後、あちこちのセコハンの雑貨屋やアウトレットショップをのぞいて、小門屋は素材を集めていった。あっという間に十二月の日は傾いていく。四十近くなって家族もいないまま、廃品あさりのような日々を送るのだ。アーティストの道は険しい。

いったん素材をおきにアパートにもどった。やつは大判のクロッキー帳とタブレット型のパソコンをもつと、外にでた。夕日に焼けた雲がビル街のうえを溶けた金属のように流れている。

「このまま近くの図書館で夜までデッサンするけど、マコトはどうする?」

おれはもう腹いっぱい。『トイ・ストーリー』ではないが、この世界は捨てられたおもちゃで満ちている。

「いちおう図書館までつきあうよ。そこで別れよう。明日の予定は?」

小門屋が露骨に嫌な顔をした。

「今日のデッサンのすすみ具合によるな。もしかしたら、一日部屋にこもって、宇宙船の骨組みをつくるかもしれないし、一日図書館かもしれない。おれは今、働いてないから、スケジュールなんて、あってないようなもんだ」

それでこそアーティストだった。金も名声もないが、やつには時間と自由がたっぷり。将来の保証なんて当然ないけどね。豊かさは銀行預金の額だけでは決まらないってこと。


そんなふうにして、数日がすぎた。

曇り、寒い快晴、あたたかな小雨と東京の冬らしい三日間。おれは嫌われながらも、小門屋についてまわった。今のところ、襲撃の気配もないし、小門屋も秘密を漏らそうとはしない。ただひとつ感じるのは、やけにやつがひとりになりたがること。まあ、おれなんかがいっしょでは、作品づくりには足手まといもいいところかもしれない。アートには孤独が必要だもんな。だが、おれはやつのいらだちの陰に、なにか別のフラストレーションを感じていたのだ。

おもてむき作品制作の邪魔をされて不機嫌なだけでなく、なにか裏にある。最初は女かと思ったが、まったくやつの携帯が鳴らないところを見ると、そうでもなさそうだ。なにかをやりたがっているが、それにはおれが目のうえのたんこぶになっている。そんな感じ。

おれはそのとき、やつがあんなことをしでかそうと狙っていたとは、想像もしていなかった。

おれは一日おきに、サエコのギャラリーに報告を兼ねて顔をだしていた。あるとき、サエコとソファで話をした。たまたまふたりの案内係はいない。おれは小門屋の生活について、あれこれと説明した。保育園のこと、不燃ゴミをあさること。風呂ナシ、トイレ共同の木造アパートのこと。家賃はたぶん都心でも三万を切るだろう。小門屋はほかのことをすべて捨てて、ストイックな生活を送っている。

サエコは顔色を変えずにいった。

「アーティストって、変わった人が多いから。普通の人間とは優先順位が違うのよ。わたしは自分が世俗的な人だと思うから、あんなふうにはみだせる人がちょっとまぶしいけれどね」

「だけど、自分ではやろうとは思わない？」

「そう、頭がいいとかお金もうけが上手いとかは、ただの得意技でしょ。足が速いとか、顔がきれいなんてのもね。でも、まったく別だもの。才能っていうのは特別なの。わたしにはそれがないから、あこがれてはいる。やろうと思わないんじゃなくて、できないの」

サエコがまた中国茶をいれてくれた。やわらかな雨が降る白いオフィスの午後。才能がある人間にも、ない人間にも、同じようにあこがれて手にはいらないものがあるのだ。世界というのは不思議で残酷な場所である。

「小門屋は自分の人生を全部かけてアートに打ちこんでるけど、サエコの目から見て、成功する可能性ってどれくらいなんだ」

立派に成長した小学校の同級生が首を横に振った。

「わからない。いつかチャンスをつかんで、小門屋さんが脚光を浴び、作品が公立の美術館に買いとられて、世界中で展覧会を開けるようになるかもしれない。その確率は宝くじに当たるようなものだけど。もしかしたら、今のままずっと変わらないかもしれない」

アートの道は厳しいということか。すべてをかけても、ダメならダメ。

「仮に評価されたとしても、美術のマーケットは景気の波にすごく左右されるから。バブルのころのすごい話をきくけれど、今ではそこまではなかなかね」

それは美術家だけでなく、音楽家や作家も同じだろう。不景気とデジタル化は世界中で創作者の利益を干あがらせている。

「タカシのほうは、どんな感じだ?」

「Gボーイズのふたり組で十五分に一度は展示室をパトロールしてくれている。なんだか、あの人たちってすごいのね。ファッションなんかは普通に池袋の駅まえにいるような若い子なのに、ものすごく規律正しいというか、ちゃんとしているというか。タカシくんはああいう子たちを何百人も抱えて、動かしているんでしょう。そのあたりの会社なんかより、遥《はる》かにしっかりしてる」

この街のガキのことをほめられて、おれは自分がほめられたようにうれしかった。

「まあな、時代が厳しくなると、ガキの結束力も強くなるんだ。そろそろ問題の水曜がくるな」

サエコが真剣な顔でうなずいた。

「タカシくんがきちんと見張りを立ててくれるって。正門と裏門にクルマをおいて、なにかあったら絶対に逃がさないっていってた。タカシくんも、マコトくんも、この街でなにをしてるの？」

　正義の味方というのも、ちょっと違っている。おれはときどき法律も好き勝手に解釈して、白黒ではなく灰色の決着をつけてきた。

「よくわかんないけど、おれもあのおっさんみたいなものかもしれない。池袋の街そのものがおれの作品で、あれこれとささいなトラブルを解決しては、この街の形を自分が満足できるようにちょっと変えていく。それがたのしいし、やりがいがあるんだ」

　この街の人の暮らしを変えるアーティスト。街づくりの芸術家。そんな言葉が頭に浮かんだが、はずかしいので黙っていた。サエコは理解不能な作品でも見るように、おれを見る。あたたかな室内できく冬の雨音はなかなかいいものだ。


　火曜日はまたも底冷えする冬の快晴。放射冷却で朝の気温はジャスト一度だった。おれはいつものようにアパートに迎えにいったが、小門屋は寝覚めが悪かったのか不機嫌そのもの。おれのおはようの挨拶にも、うなり声が返ってくる。

「もういい加減にしろ。おまえなんかに張りつかれたら、仕事になんねえんだ。こっちはよ」

　おれは玄関先で、酸っぱい臭いのする部屋に声をかけた。

「なんだよ。朝から、いってくれるな。昨日は晩めしくいながら、いっしょにめしをくって、くだらないおしゃべりができる相手がいるのって、いいもんだなとかいってた癖に」

小門屋が布団から顔をだした。おや、目の色が違う。怒っているというより、なにかに怯《おび》えている顔。

「やかましい。酔っ払って、ちょっと気がゆるんだだけだ。誰が、おまえみたいなガキと始終つるみたがる。おれは今日は一日部屋をでない。制作にはいるから、ガードマンごっこやりたいなら、外で勝手に見張りでもしてろ。いいか、部屋にあがってくるなよ。めしもひとりでくうからな」

小門屋がなにをたくらんでいるのかはわからなかった。ただそのときおれの野性の勘は、ギャラリーが休日の水曜日になにかあると告げていた。二日間は徹底的に、小門屋を張ろう。おれはそう決心するといった。

「わかったよ。じゃあ、おれも適当にあたりを見てまわって、今日のところは帰るわ。いちおうあんたも自分の身には気をつけてくれよ。あんたの作品が二回襲われたってことは、誰かがあんたに恨みをもってるってことだからな」

「ああ、わかってる」

それとなくカマをかけてみる。

「明日は水曜でギャラリー休みだろ。今回も、おれは水曜がやばい気がするんだ」

おれは小門屋の顔色に神経を集めた。一瞬だけぎらりと目を光らせて、やつはうつむいてしまった。

「ああ、忘れるはずがないだろ。おれにも考えがある」

やはりなにかある。やつにもプランがあるのだ。おれはタカシにどう説明するか考えながら、築四十年ものの木造アパートの階段をおりていった。

とりつぎのアニメ声は変わっていない。またこの女は用件を繰り返すのだろうか。おれは駅のほうに歩きながらいった。

「マコトだ。おれたちふたりのクリスマスプレゼント交換の時間を決めたいと、タカシに伝えてくれ」

電話のむこうで何人かのガキが苦笑する声がきこえた。タカシの返事は液体ヘリウムなみに冷えこんでいる。鼓膜が瞬間冷凍しそうだ。

「マコト、なめるなよ。こっちは明日にむけて警備体制の打ちあわせ中だ」

「すまない、一分いいか」

こちらが真剣なのが伝わったようだ。タカシはいつもの冷静な王にもどった。

「話せ」

おれは小門屋の数日間の生活スケジュールとなにかを決意した目について話した。

「そうか、おまえの勘では、小門屋が動くのか」

電柱からクリスマスリースがさがっている。もうすぐ池袋駅だ。メガホンからは「ウィンターワンダーランド」。いい曲だよな。歌っているのはジェイムス・テイラー。

「たぶん、空振りするかもしれないが、水曜が山だ。一日おまえのところの張り番を貸してくれないか。クルマ一台とGボーイズをふたり」

「わかった。だが、水曜だけでは安心できない。今夜から、警戒にはいろう。おまえはどうするんだ？」

「どういう意味だ？」

「おまえがくるというなら、おれがつきあってやってもいい」

プレゼント交換は拒否した癖に、徹夜の張りこみならいっしょにしたいという。池袋のツンデレ王、安藤崇。

「わかった、おれもいく」

まあ、年の瀬にタカシとこの一年を振り返り、あれやこれやと話をするのもいいかもしれない。今回のマイナートラブルの進展はともかくな。


メルセデスのＲＶは新しいＧＬ５５０に替わっていた。えらく長いボディで色は漆黒《しっこく》。後部座席には液晶パネルがつき、ゆったりと映画を観られる。おれたちは小門屋のアパートが見わたせる通りの先に巨体をとめて、張り番を始めた。

Ｇボーイがポットから、お茶を注いでくれる。あの中国茶の香り。

「これ、サエコのとこのプーアール茶だよな。四十年ものとかいう」

タカシはあっさりという。

「ああ、サエコがお土産だともたせてくれた。おまえももらっただろ？」

悔しいので返事はしなかった。だいたいおれはプーアール茶なんて大嫌いだ。夜になっても動きはなかった。おれとタカシは革張りの後部座席で、ハリウッドの新版『ゴジラ』と名前をしらないスペイン映画を観た。今年もいろいろあったな、一年は早いなと、あたりまえの会話を交わしながら。悪くない夜の過ごしかただった。

助手席のGボーイが声をあげたのは、夜十一時すぎ。

「キング、見てください」

木造アパートの階段から、ドカジャンの小門屋がおりてきた。あたりを見まわしている。古いおもちゃを探しにいくときとは、様子がぜんぜん違っていた。気軽にコンビニにいくのでもなさそうだ。牛乳やカップ麺を買いにでるとき、おれたちは周囲を警戒しない。おれは明日だと思っていたが、タカシのいうとおり前日から張っていてよかった。

「距離をおいて、ゆっくりつけろ」

タカシの命令どおり、黒いRVが動きだす。ナビを見ているドライバーがいった。

「駅のほうにむかっています」

グリーン大通りにでた。このままJRの駅に移動するのかと思っていると、小門屋は地下鉄の階段をおりていく。おれは叫んだ。

「まずい。メトロに乗られたら、クルマじゃまかれる」

タカシはこんなときでも氷の王さまだった。モンクレールのダウンをつかむといった。

「マコト、おれとこい。おまえたちはここで待機だ。やつがどこでおりるかわかったら、連絡する」

おれもユニクロのウルトラライトダウンに袖《そで》をとおしながら、黒いRVから飛びおりた。

***

階段を一段飛ばしで駆けくだり、有楽町線の改札にむかう。タカシがいった。

「スイカもってるか」

「いや」

やつがつかっていないぴかぴかのカードをわたしてくれる。小銭で買っていたのでは間にあわなかっただろう。小門屋はもう地下におりるエスカレーターに乗っている。おれたちも改札を抜け、エスカレーターを駆けた。地下ホームに着くと、ちょうど新木場行が到着したところだった。忘年会帰りだろうか、やけにホームは混雑していて、おれたちはうまく人ごみに隠れることができた。

「やつがいる。この電車に乗るぞ」

おれとタカシは酔っ払いにまじり、小門屋の乗る車両のとなりに乗りこんだ。


***

辞職した都知事のおかげで、今では走行中のメトロでもメッセージを送ることができた。タカシがラインで新木場方向に移動中と打つ。おれたちは連結部の近くに立ち、こっそりと小門屋を見張っていた。やけに真剣な表情をしている。おれはひとり言をいった。

「真剣というより、思いつめた感じか」

きいていたタカシが勝手に返事をした。

「おれにはでたらめに怒っているように見えるな。憤怒だ」

電車は揺れながら地下のチューブを猛烈な勢いで駆けていく。地上では黒いＲＶが追っているはずだ。


小門屋がおりたのは有楽町線の銀座一丁目駅。忘年会の二次会に銀座に寄るのだろうか。かなりの数の客がホームにあふれだした。そろそろ十一時半だが、おかまいなしだ。タカシはエスカレーターでメッセージを打った。

小門屋に続き、地上にあがる。ネオンはきれいだが、空気は肺を刺すように冷たい。にぎやかな銀座の表通りを避けて、やつは路地裏にはいっていく。銀座一丁目駅近くのペンシルビルのまえでやつは立ちどまった。両手をにぎり締め、細いビルを見あげている。もう終電が近かった。灯りは最上階でワンフロアついているだけだ。おれたちは街路樹の陰から、やつを観察していた。タカシはいう。

「どういうことだ？　あのビルになにがあるんだ」

「わからない」

小門屋がエレベーターホールにむかった。おれたちも速足でペンシルビルに移動する。タカシのスマホが着信して、運転手のＧボーイがあと五分で到着するといった。スマホのＧＰＳが生きているのだろう。エレベーターのまえに着いたときには、頭上のＬＥＤの表示板は五階で停止していた。案内を見ると、五階には（株）セラデザインとある。おれはいった。

「どうする？」

「エレベーターが動けば、やつが警戒するかもしれない。非常階段でいくぞ」

そういう間もなく、タカシは風のように走りだし、エレベーターわきの階段を竜巻にでもなったように上昇していく。

「待て」

おれも負けずに、一段飛ばしで駆けあがった。アドレナリンはでまくっているが、いや、しんどい。


おれが最後の踊り場に着いたとき、「よせ！」というタカシの叫び声がきこえた。あわてて最後の数段をのぼる。閉まったエレベーターまえの狭いホールは、シンナーの臭いが充満していた。タカシと小門屋がもみあっている。小門屋の右手には百円ライターが見えた。足元にはプラスチックの容器が転がっていた。

「小門屋さん、もういいんだ」

この会社とトラブルがあったのだろう。小門屋は閉まった扉からシンナーを流しこみ、火をつけようとしたのだ。放火は重罪である。鉄筋工のアーティストは全身から力を抜いた。おれは手を伸ばし、右手からライターを奪った。もうやつの手には握力は残っていないようだった。

そのとき、タカシのスマホが鳴り始めた。

「どうした？」

スマホのスピーカーは意外なほどでかい音がでる。Ｇボーイからだ。ＲＶがしたに到着したのだと、おれは思っていた。だが、声がさっきとは違う。

「こちら、西池第二まえ、怪しい人物をひとり確保しました。やつは黙秘しています。キング、どうしますか」

タカシがおれを見た。いいだろう、今夜すべての片をつけるのだ。

「そいつと小門屋のおっさんを会わせよう。おれにも事情がさっぱりわからない」

キングがいった。

「今、銀座一丁目だ。東池袋の高架下に、そいつを連れてこい。おれたちも移動する」


ＲＶのなかで、小門屋にいった。

「さっきのセラデザインとあんたはどういう関係なんだ」

窓の外をむいたまま、小門屋がいった。

「カレンダーだよ。来年の企業カレンダー」

意味不明。ドカジャンの袖で額の汗をぬぐって、無名のアーティストはいう。

「大企業が刷るカレンダーは、何十万部と全国にばらまかれる。社長の瀬良《せら》がおれの作品をもとにして、プレゼンにだした。無事に企画がとおって、最初はおれもやつもおおよろこびだった。だけどクライアントの宣伝部長が、おれの作品を気にくわないといいだしてな。自分ちの子どもに見せたら、ちょっと怖いといわれたんだとさ。もっとガキにも受けるようにかわいくしろと、めちゃくちゃな注文をつけてきた」

おれは黙ってしまった。世にでるために自分の作品をかわいらしくつくり変えるか。小門屋がひどくかすれた声でいう。

「三十代のほとんど全部をかけてつくった作品だぞ。おれはどうしても納得できなかった。すると瀬良のやつ、芸大の学生バイトを雇って、おれの作品の偽ものをつくらせやがった。カレンダーの撮影はそれですませたんだ」

タカシが冷めた声でいった。

「あんたの作品のパクリが日本中に広がっていく。二番煎《せん》じだと思われたら、もうチャンスの芽は断たれるかもしれない。それで復讐か」

小門屋は黙ってしまった。クリスマスの街の灯りがメルセデスの外を飛び過ぎていく。おれはやつがひとりで見送ってきた十回分のクリスマスについて考えてみた。

おれもシンナーをまいたかもしれない。そうはしなかったかもしれない。


真夜中を過ぎた首都高の高架下に、人影はなかった。太いコンクリートの橋脚の陰に、おれたちがいるだけ。デザイン会社の社長というから、どんなオッサンかと思ったが、瀬良はまだ四十まえで年寄りではなかった。

黒の革ジャンに濃いジーンズ。黒の手袋とニットキャップをつけている。眼鏡は黒いセルフレームで薄いサングラスだ。やつに気づくと、小門屋は飛びかかりそうになった。Gボーイがあわてとり押さえる。

「てめえ、よくもおれの作品を壊しやがったな」

気の弱そうな瀬良も負けていなかった。高架線のうえを自動車が駆ける風切り音がひゅんひゅんと鳴っている。

「そちらこそ、うちの会社のドアの鍵穴に瞬間接着剤を詰めただろう。会社のエレベーターの操作盤に火をつけたのだって、あんただろ。放火で訴えてやる」

おれは小門屋のほうを見た。ぜんぜん悪びれていない。

「おまえもおれの作品を二度も壊した。公共の施設に違法に侵入した。おれの作品をぱくりやがった。どっちがひどいんだよ」

いい大人ののしりあいに、タカシが顔をしかめた。

「小門屋さん、あんたがセラデザインの施設に悪質ないたずらをしたのは事実なのか」

「ああ、どうだっていいだろ、そんなこと」

Gボーイの腕のなかで暴れている。タカシは瀬良のほうをむいた。

「あんたは小門屋さんの作品を壊した。二回。それでいいんだな」

瀬良の声は悲鳴のようだった。

「おまえたちは、いったいなにものなんだ?」

タカシは十二月の真夜中の風のように冷静だ。

「おまえたちの裁定者だ。気にくわないというなら、おれはここで警察を呼ぶこともできる。それぞれの罪状を伝え、そのまま引きわたす。あとは裁判所が適当な裁きをくだすだろう」

デザイン事務所の社長が震えあがった。

「それは待ってください。うちには社員もいる。わたしだって、偽ものをつかって撮り直しなんてしたくなかった。だけど、あの仕事を逃したら、うちの会社は年を越せないんだ。ボーナスだってまともに払えない。宣伝部長の気まぐれで、こちらにはどうにもしようがなかった。ちゃんと小門屋さんにはお願いしたんだ。ちょっとだけでいい、先方の希望をいれてくれって」

小門屋が石でも噛《か》み潰《つぶ》すようにいう。

「そんなことができるか。あれはおれのすべてなんだ」

どうすればいいのかわからなくなった。このふたりはテーブルのしたで互いの足を蹴りあっていたのだ。しかも器物損壊や放火と、だんだんとエスカレートしている。

「そのカレンダーはもう止められないのか」

タカシが冷えびえとした声でいう。黄泉《よみ》の国の裁き手みたいだ。瀬良は力が抜けてしまったようだ。その場にひざまずいた。

「無理だ。もう印刷工場に送ってる。一行の直しもむずかしい」

おれはタカシに目をむけた。やつがなにかを思いついたことはわかった。最近のガキが好きな言葉がいくつか、頭に浮かんでくる。リスペクト、オマージュ、インスパイア……。

「いや、黒版一色くらいなら、なんとか直せるだろうが」

タカシがハンマーを打つ代わりに、ブーツの底でコンクリートの地面を二回蹴った。コツコツ。その音は高架から跳ね返って、たっぷりとエコーがかかった。

「では、おれの判決をいいわたす。経済的な補償は必要だな。カレンダーの利益から、何割かをセラデザインは、小門屋健一にわたすこと。金額は双方の話しあいによって決める。それから小門屋健一の名誉を回復するために、カレンダーに一行追加する」

　そこからはおれがいった。口からでまかせだが、タカシの判決とそうくい違ってはいないだろう。

「このカレンダーは小門屋健一氏の作品にインスパイアされ制作されました」

「そんなこと、できない。カレンダーは金をだしてる企業のものだぞ」

　タカシは平気な顔でいう。

「じゃあ、宣伝部長にいえ。小門屋さんが著作権に詳しい腕利きの法律事務所と組んで、あんたの会社を盗作で訴えてくると。うちのルートから、弁護士は紹介する」

　そんな、そんな、力のないつぶやきが瀬良社長からきこえてくる。タカシは冷たいけれど、奇妙にやさしい声でいった。

「どうだ、今の条件をのめば、今回の双方が起こした事件はおもて沙汰《ざた》にはならない。ただの悪質ないたずらとして、闇に葬れるだろう。嫌なら、こちらは警察に通報する。朝まではすこしだけ時間がある。考えろ」

　夜の灯りに照らされて、おれたちの足元には長い影ができていた。おれはいった。

「もうすぐクリスマスだな。あんたたちも、おたがいにちょっとした好意を見せてみろよ。いつまで報復合戦やってんだ。いい年こいた大人が」

最初に返事をしたのは、小門屋だった。

「わかった。おれはそいつをのむ。とくにインスパイアが気にいった。社長のところに金がないのはわかっているしな」

ぱっと灯りをともしたように瀬良社長の表情が明るくなった。

「小門屋さん、あのカレンダーが世のなかにでまわってもいいのか」

ドカジャンのアーティストが心の広さを見せる。

「ああ、おれはもっといい作品をつくって、名前を売ってみせるさ」

「いいだろう。双方ともに約束をたがえるなよ。おれたちが見ているからな。わかったか」

ちいさな返事が二度続く。タカシはGボーイにいった。

「そっちは社長を家まで送ってやれ。ちゃんと住所は確認してくるんだぞ」

「わかりました、キング」

「マコトはおれとこい。小門屋さんを送る」

おれはいわれたとおりにRVに乗りこんだ。どこかからクリスマスソングがきこえてくる。高架下からアパートまでは、ほんの一分。おれたちは暗い階段口に小門屋をおろして、メリークリスマスといって別れた。やつは手を振り階段をあがっていく。

くたびれ果てたサンタクロースのようにね。


数日後、おれはまた店番にもどっていた。

風の便りではタカシとサエコは、池袋からすこし離れた新宿伊勢丹でデートらしきものを重ねているらしい。Gガールのあいだでは、サエコの評判は最悪だ。なんでもセレブビッチなんだとか。おれにはよくわからない。おふくろはいう。

「相手がタカシくんじゃあ、マコトがかなうわけないよねえ。まあ、あんまりがっかりしないで、つぎいこう、つぎ」

誰もがっかりなどしていないが、おれはおふくろを無視した。もうすぐクリスマスなのにケンカは嫌だからな。冬の切れるような夕日を閉じこめた愛媛ミカンを積んでいると、見慣れたゴミ袋が視界にのぞいた。

「よう、マコト、元気でやってるか」

小門屋だった。あい変わらずどこかの現場でもらったドカジャンを着て、壊れたおもちゃでいっぱいのゴミ袋をさげている。

「まあな、あんたのほうは？」

「こっちも新しいのを制作中だ」

「むこうの事務所とは、どう？」

選挙カーがどこかの候補者の名前を連呼しながらとおり過ぎた。政治家は誰もが、自分こそ庶民の味方だと叫ぶ。嘘って真冬でも暑苦しいよな。

「悪くない。今度、おれの作品のトーンでマスコットを売りだそうかという話をしてるんだ。うまくいくか、わからないけどな」

おれはひざに力をいれて立ちあがった。ビル街の先に夕日が沈んでいく。電柱にさがるクリスマスリースが安っぽくてきれいだ。

「おれ、あんたの作品、けっこう好きだったよ。なんだか子ども時代を思いだすというかさ。まあ、七十万なんて高くて買えないし、おくとこもないけどさ」

小門屋はなにかを投げてよこした。受けとる。

「こいつのこと、おれの部屋で見てただろ。あの怪獣の最初の小型版モックアップだ。マコトにやるよ。机のうえにでも飾ってやってくれ。じゃあな」

てのひらにのるちいさな怪獣だった。目には赤く燃えるビーズの玉がふたつ。鉄筋工兼アーティストが西一番街の歩道を歩き去っていく。おふくろがいった。

「誰だい、あの人？」

小門屋のアートについては説明しなかった。おれにはとても手に負えない。やつは今年のクリスマスも、ひとりで自分の作品を構想しながら過ごすのだろう。そいつも悪くない年末の過ごしかたである。おれも自分がほんとに得意ななにか、あるいは好きな誰かを、探すのもいいかもしれない。クリスマスにいつまでもおふくろとプレゼント交換していても、始まらないからな。

ユーチューバー@芸術劇場

もうパソコンの話なんて時代遅れだし、まっぴらゴメンというやつが多いよな。

ネットにいるのは間抜けなオタクか、アイドル&声優マニアか、陰謀好きのプチ右翼ばかり。あとはいかれた怪談やデマにころりとだまされるひねた小中学生。どっちにしても近づかないほうがいい人種ばかり。おれもこの春のトラブルにかかわるまでは、うっかりそう信じこんでいた。コンピュータ革命はほぼ終了形で、仕上がりの形が見えてきた。この先はどうせたいしたことないなんてね。

だけど事実は正反対。

ウェブ2・0はこの数年でようやく形になり、いよいよ全メディアを呑みこみ始めた。テレビ、映画、音楽、新聞、雑誌、書籍……その他すべて。オールマスコミが有料無料にかかわらず、ネットにくわれだしたのだ。

恐竜時代の最後に出現した最初の哺乳類の名は、無料動画投稿サイト。

動画投稿サイトが初めて出現したときは、哀れなネズミのようだった。そいつはほんの十年ばかり前の話だ。テレビや新聞や出版といった巨大な恐竜の足元で、ちょろちょろとうろつく泥だらけのネズミ。それが今では、滅びゆく放送や出版全メディアの天敵になろうとしている。おれがコラムを書いているストリートファッション誌も厚さが半分になった。原稿料は当然ずっと据えおきのままだ。もちろんこの傾向はＣＤ・ＤＶＤショップと街の本屋の目をおおいたくなるほどの縮減もついてくる。厳しいよな。

おれがこの春サクラ咲く直前の薄ら寒い西口公園で出会ったのは、ユーチューブでの動画アップを主な業務とするユーチューバー。驚いたことにやつの収入は推定で一部上場企業の社長平均の倍くらいだという。約五千万！　無料動画サイトでどうやって新たな富を生みだすのか、おれにはちんぷんかんぷんだった。だってそうだろ、そいつは砂漠で砂を金に変えるようなものだ。無料から有料を生みだすんだからな。

だが仕事というからには、当然ながらきついこともある。おもしろおかしい動画をアップして、あとは一日遊んで暮らすというわけにはいかないのだ。ネズミは進化してつぎの時代の主役になろうとしているが、ネズミ同士の競争はものすごく激しい。なにせ進化の淘汰圧《とうたあつ》を超えて、さらなる進化を続けなければ、明日は自分が過去の生物に転げ落ちる。

ユーチューバーの話をきいて、おれは紙に言葉を書く仕事でよかったとつくづく思った。売上は減少傾向だが、ここには進化を免《まぬか》れたロストワールドの安らぎとゆったり流れる時間がある。

今年の春は気温の上下が激しかった。春の南風とお日さまに照らされ、シャツ一枚でグリーン大通りを散歩した翌日、いきなり手袋と帽子とマフラーにダウンを着こんでサンシャイン60のイベントに足を運ぶはめになる。身体に地味にダメージがたまっていくのだろう。とにかく眠くてしかたない。

おれがタカシからの電話を受けたのは、あったかなほうの春の午後。長袖Tシャツのうえに綿のネルシャツを重ねれば、上着のいらない昼さがりだった。円安で値上がりしたフロリダ産のピンクグレープフルーツを店先に積んでいると、スマホが振動を開始した。おれのジーンズの尻ポケットでね。着信相手を確認してから、おれはいう。

「なんだ、デートの誘いか、タカシ」

めずらしくやつは素直に乗ってきた。乗り突っこみは苦手な王さまなんだが。

「ああ、そうだ。今すぐ西口公園にいってくれ。じゃあ、よろしく」

やつの声は上空五千メートルに零下二十度の寒気団が南下した二日まえの北風みたい。すぐに切りそうな気配だったから、おれはあわてた。

「ちょっと待て。きてくれじゃなく、いってくれって、どういう意味だ。相手は誰だよ。いったいなにをよろしくなんだ」

おれにはやつの唇が右端だけつりあがったのが見えた気がした。皮肉な微笑。やつの一番の得意技で、とにかく人を怒らせる嫌味な武器だ。

「さすがにおまえでも、それだけじゃ無理か」

「あたりまえだ。どうせなにかやっかいごとなんだろ。おれは引き受けるとはいってないぞ」

「おれもひと言もいってない。おまえが直接会って、Gボーイズで仕事を受けていい相手か確かめてくれないか。人を見る目とネットの現在進行形がわかる頭、両方がそろってるやつはうちにはいないんだ。おまえが適任だ」

人材不足の池袋Gボーイズ。気の毒な話だが、おれはちょっとうれしくもあった。安藤崇はめったに人をほめないキングだ。

「相手は誰？」

タカシが一瞬ひるんだ。やつの氷の角が溶けだしたようだ。

「……いいたくない」

「なんでだ？」

「おれの品格に傷がつく気がする。いいか、一度しかいわないから、覚えておけ。ワンフォーティ流星《りゅうせい》。表記は１４０★流星だ。あいだに星印が打ってある」

いかれてる。おれもその名を繰り返すのは、ためらいがあった。ネットによく転がってるひどい名前のひとつ。まあ、自分の子どもに亜南瑠《アナル》とか紗音流《シャネル》とか名づけるヤンキーのアホ親がいるくらいだから、別に驚きはしないが。頭の悪いやつがクリエイティブを気どるとろくなことにならない好例。

「そいつが今、西口公園にいるんだな」

「ああ、パイプベンチに座って、おまえがくるのを待ってる」

あきれた。人のことをひと声かければ、すぐにつかえるなんでも屋と思っている。

「おれがいそがしかったら、どうすんだ」

タカシは電話のむこうで低く笑った。カチカチに凍った角氷がこすれるような澄んだ笑い声。

「いそがしいか、いそがしくないかは関係ない。おまえはどっちにしても、いつも退屈してるだろ。さっさと流星に会って、やつの本性を見てきてくれ」

おれは手のなかのグレープフルーツを見た。ずしりと重く、ワックスを塗ったようにひかっている。フロリダからコンテナ船に乗って運ばれてきた果物。ひとつ百三十円のこいつを売るより、おれにはもっと重要な天職があるはずなのだ。池袋の今のリアルレポーター、真島誠。ただページを埋めるために原稿を書いてるわけじゃない。

「わかった。そいつの目印は？」

「ベンチに座ってるなかで、一番目立つやつだ」

タカシがスマホの送話口を押さえて、部下になにか質問していた。すぐもどってくる。

「鮮やかな蛍光イエローのパーカーだそうだ。頼むぞ、マコト。あとで報告をくれ」

きっとGボーイズの誰かが、今もやつをウエストゲートパークで張っているのだろう。口ではいろいろといっているが、タカシは本気だ。

「ところで蛍光色のパーカーをきた流星は、仕事なにやってんだ？」

職業ですべてはわからない。だが、大人の場合そいつは人の在りかたの半分以上を事実上決定する。いや、日本では七割以上かもしれない。仕事以外になにもない大人って多いよな。タカシが二月の日陰のそよ風のように囁《ささや》いた。

「職業はユーチューバーだそうだ。おれは、そいつがどういう仕事なのかしらない。あとはおまえにまかせる」

ユーチューバー？　それなんだと質問しようとしたところで通話が切れた。まあ、タカシにしたらえらく長時間話をしたほうだろう。

王さまからのホットラインはいつだって簡潔にして明瞭。


おふくろにひと声かけて、街にでた。

夕方から始まる果物屋のコアタイムまでは、しばらく余裕がある。給料は安いが、時間が自由になるのが、店番のいいところ。平日午後のがらがらの映画館にも気軽にいける。

JR池袋駅の西口ロータリーを通過しておれが感じたのは、なんだかやけに人出がすくないってこと。消費税アップ以来、週末はともかく平日は副都心池袋も新幹線がとおらない地方都市なみに静かなものだ。

リアルなものが動かない時代だ。うちは西一番街商店街の一角を占めていて、おれも池袋の街全体の小売業の数字はだいたいはわかっている。全力であれこれと仕掛けをして売りだしても、毎年のように数パーセントずつ売上が落ちこんでいくのだ。それが十年も二十年も続く。まともに働く人の心を削るような現実だよな。デフレ脱却ができれば、おれもほんとうにいいと思うよ。たとえどんな手をつかってもな。

おれは静かになった街を三分ばかり歩き、西口公園に到着した。


ウエストゲートパークにはいると、すぐに円形の噴水と金属の棒の先に乗った彫刻が出迎えてくれる。月や星やおなじみのフクロウだ。そのむこうは円形広場とバスのロータリーが広がり、むかって一番奥は三角の巨大なガラス屋根のある東京芸術劇場である。ぽかぽかとあたたかな春の日ざしを受けて、薄青いガラスもすこしやわらかそうだった。

その場に立って、円形広場を見渡すと、おれの目に蛍光イエローのパーカーがまぶしく飛びこんできた。自然界では周囲から目立つ色で身を装うのは、捕食者を恐れない強い個体であるという表現らしい。そしてたいていの場合、その手の色をした生物は身体のなかに危険な毒を蓄えている。南米のカラフルなヤドクガエルみたいにな。

おれが140★流星の蛍光色を見つけたとき、真っ先に考えたのは、やつがどんな毒をもっているのかだった。致命的でなきゃいいのだが。

「そこ、空いてるよな」

まっすぐにではなく、おれはゆっくりと円形広場を一周して、やつに近づいていった。こちらが観察する時間をつくれて、相手には自分を見せない。最初は慎重にな。スマホを見ていた流星が顔をあげる。小太り、割と日焼けして色が黒い、髪は似あうやつをめったに見ないツーブロック。おまけに金髪。

「ああ、そっちが真島誠さんか。キングから話をきいてる。腕利きのトラブルシューターなんだってな。ところでトラブルシューターってなにをやるんだ?」

おれがユーチューバーについて質問するまえに先手を打たれた。くやしい。

「池袋の街のあれこれをちょっとだけ修理するって感じかな。金にならないから、別に仕事じゃない。そっちの名前のほうがずっと不思議だ。140ってなんなんだ」

おれは蛍光イエローのとなりに腰かけた。カーキのチノパンにデニムジャケット。こいつはもう五年は着てる。

「あーすまない。自己紹介がまだだったな。こういう者だけど、よろしく」

名刺をもらった。おれの副業ではめったに名刺などもらわない。住所は西口のマルイの先のタワーマンションの二十二階だ。140★流星のしたには、(石丸《いしまる》流星)とあった。

「おれの地元の先輩が、石丸を140と読んで、それで仇名《あだな》がワンフォーティになったんだ。もともとはおれのアーティストネームだったんだけど」

このギャグ担当のキレンジャーみたいな男がアーティスト! まあ店番兼コラムニストで、トラブルシューターなんてのもいるけどな。

「なにつくってたんだ?」

「ビデオアート。ナム・ジュン・パイクやビル・ヴィオラみたいのを観て、その気になった。最初にユーチューブにアップしてたのは、おれのオリジナル作品だったんだ。発表する場がなかったんでな。今でも半年に一本くらいはアート系のもつくってるよ」

「ふーん」

おれは自分があまりに無知なので、アートという言葉には弱い。案外まともな人間なのかもしれない。

「あのさ、どうやって無料動画サイトで、金を稼げるんだ?」

「アフィリエイトみたいなもんだよ」

意味はよくわからないが適当にうなずいておいた。

「初期はある程度の数の再生回数を記録した投稿者に、ユーチューブから招待があったんだ。今ではパートナープログラムってのがあって、誰でも参加できるようになってるんだけど。そこに登録すると再生一回で〇・一円くらいの報酬がもらえる。まあ、金額については秘密だし、むこうの都合で勝手に変わるんだ」

ということは百万回再生で十万円の金になる。

「だけどさ、いくら無料だって百万回ってのはたいへんなんだろ」

「ああ、企画を考えるのは頭がおかしくなりそうなくらいきついな。客をつなぎとめるには、できれば毎日動画をアップしたいところだし」

流星はそういうと顔をあげて、空の様子を見た。ぼやけた輪郭の春の雲がぼんやりかすんだ春の空に浮かんでいる。おれたちの座っているベンチは日陰だが、むこうの駅ビルのハーフミラーの壁面から日ざしが反射していた。

「ここの光、いいな。天然のレフ板がある。ちょうどいいや。おれが最初に百万回再生を達成したネタを見せてやるよ。今でも毎週アップしてるんだ。こいつなんだけどさ」

やつは背負っていたバックパックから、なにかをとりだした。大振りの玉ねぎだ。昼間の公園には違和感。そこからは手際がよかった。観光地でよく見る自撮りのセルカ棒にｉＰｈｏｎｅ6を装着して、自分にむける。

「シューティング始めるよ」

ぜんぜん緊張などしていないようだった。流星はだらだらと話し続ける。

「玉ねぎの皮をむくところは音声は生きてないから、あんたも適当にしゃべっていいよ。おれが八カ月かけて真剣につくったビデオアート作品はせいぜい二、三千回再生なのに、おふざけでつくった『生の玉ねぎ何秒でたべつくせるか？』は一週間もしないうちに百万回を記録した。なんだかバカらしい話だよな。でも、おかげでおれはプロの専業ユーチューバーになれたってわけ。さあ、いこうか」

流星の手元にはきれいに皮をむかれた玉ねぎがある。

「それを本気で全部くうのか？」

芯も抜いてないし、根の部分もついたままだ。握り拳《こぶし》よりもおおきな玉ねぎ。

「ああ、さんざん探して辛みのすくない北海道産に落ち着いたとこだ。見てるほどはつらくない。いくぞ、ちょっと黙っててくれ」

セルカ棒を操作して、流星は録画を開始した。

「はい、140★流星だ。今週の玉ねぎタイムがやってきた。今回は池袋の西口公園にきてる。ここでこいつを頭からばりばりくらってやる」

そこで流星はぴかぴかに光る玉ねぎを空中に放り投げた。ぱちんと音を立てて右手で受け止めると叫んだ。

「イッツ・ショータイム！」

やつはしぶきをとばしながら、生玉ねぎにかぶりついた。

根っこと芯までふくめて、すべてを平らげるのに要した時間は百六秒だった。流星は目を真っ赤に充血させて、セルカ棒の先のスマホに語りかけた。視線はまったく動かさない。じっとちいさなレンズを見つめている。

「先週より四秒遅かったな。ちょっと玉ねぎがおおきかったかもしれない。では、また来週の玉ねぎタイムで会おう。よい子のみんなもどんどん真似してくれ。血液さらさら、百倍ヘルシーになるぞー、バイバイ！」

録画を止める。おれのほうを見てにやりと笑った。

「つらくないのか」

「初めてやったときは涙が止まらなかった。でも、今はちょいと涙ぐむくらいでだいじょうぶ。このあとは辛いほうのジンジャーエールがいいんだよな。口のなかが中和されるというかさ」

バックパックからウィルキンソンのビン入りを取りだした。

「もうちょっと待っててくれるか。今、編集してアップしちまうから」

おれは素直に驚いていた。技術は進歩しているのだろう。やつはセルカ棒からスマホをはずし、指先ひとつでさっさと無駄な部分をカットして、デジタル時計のレイヤーをかぶせた。いつも使用しているオープニングムービーを足して、おしまい。分というより秒単位の早さだった。

「さて、これをアップロードしてと」

そこだけわざとらしく、ｉＰｈｏｎｅを空にかかげた。

「あんたは今の動画でおれがいくら稼ぐと思う？」

公園のベンチで玉ねぎをくう二分弱。おれはこれに値段がつくとは思えなかった。首を横に振ると流星がいった。

「おれのチャンネル登録者数は百二十万人。玉ねぎタイムは人気のコンテンツだから、ほとんどのやつが見てくれる。小中学生のガキが多いけどな。今のでおれは即七万二千円ばかり稼いだって訳だ」

うーん、おれには理解不能の経済システムがネットの世界ではできあがっているようだ。

「スマホ一台で動画が撮れて、ムービーの編集までできるようになったのもここ何年かのことなんだ。今、ようやくネットの世界の革命は形になってきたとこなんだよ。昔なら今の動画を完成形にしてアップするのは、一日がかりだったんだからな」

おれはやつがいっている言葉の意味がよくわからなかった。間抜けな質問をする。

「でも何年もまえからユーチューブくらいあったよな」

じれったそうに流星がうなずいた。

「ああ、サービス開始は二〇〇五年だ。だけど初期は画質もひどかったし、デスクトップやノートパソコンでしか見られなかった。スマホが進化したこの何年かで、ほんとうの変化がきたんだ。去年世界中に出荷されたスマートフォンは十三億台。子どもから年寄りまでひとり一台に近い状況だ。今じゃ、ガキどもはテレビよりスマホを見る時間のほうが、遥かに長い」

おれはぽかんとしていたのだと思う。流星はツーブロックの頭を自分でくしゃくしゃにした。

「わかんないかな。世界中の数十億人がつながる映像と音楽と情報のバカでかいプラットフォームが、今姿をあらわしつつあるんだよ。そいつが世界をどう変えるか、まだ誰にもわかっていない。新聞やテレビ、出版や音楽といったメディアビジネスは津波のような変化に呑まれている最中なんだ」

おれも出版業界の片隅にいるから、すこしはわかる。シベリア寒気団並みの冷風が業界を吹き荒れているのだ。おれたちの不幸は金融危機とネット革命が同時並行的に深化してしまったことなのだろう。旧型メディアは恐竜のように、スマホというネズミに打ち倒されつつある。

ユーチューバーか。するとこの蛍光パーカーの男がメディア津波の最先端でサーフィンをしている、つぎの時代の旗手ということになるのだろう。

セルカ棒で玉ねぎをくうところを自撮りする革命児。なんだかなあ。

おれは基本的なところから質問を始めた。

「ユーチューバーって、何人くらいいるんだ？」

流星は余裕だった。

「全世界三十カ国で百万人はいるといわれてる。アメリカには年収数億なんてスーパースターもいるよ。日本でもトップユーチューバーは年収一億なんて噂もある。あんたは雑誌にコラム書いてるってきいたけど、世界中にどれくらいコラムニストっているんだ」

正確な数はぜんぜんわからない。自称文筆業者も多いしな。

「百万人は絶対いないと思う。今じゃ、そっちの仕事のほうが一般的なのかもしれないな」

「おれネットでいくつかあんたのエッセイ読んだけど、もう雑誌は止めとけよ。ネットで発表したほうが金になるよ」

すこしかちんときた。おれは紙の本や雑誌が好きなのだ。

「止めとく。おれはデジタルよりもリアルのほうがいいんだ」

「沈みゆく泥船でもか」

おれは歯をむきだしにして笑顔を見せてやった。

「おれが乗ってるのは最高の泥船なんだ。小学生相手の浮き輪じゃない」

流星は肩をすくめて、ジンジャーエールをのんだ。

「まあ、いい。おれたちは別々の意見だがわかりあえるし、協力もできる。それでいいか」

外国人のガキみたい。おれはセルカ棒をたたむ流星にいった。

「それでいい。Gボーイズに仕事を頼んだ理由はなんだ？」

ようやく肝心の用件にたどりついた。ネットの裕福なパラダイスにもトラブルはついて回るのだろう。人間がやっていることだからな。楽園にも毒虫はいる。


「まずこいつを見てくれ」

スマホでユーチューブを見せられた。肩を寄せあい、蛍光イエローのパーカーをきた男とちいさな画面を覗きこむ。おれはタカシが自分でやらなかった訳がわかった。ディスプレイに映ったのは、ゴム製のゴリラのマスクをかぶった男たち。どこかの廃品置き場のようだった。たぶんアメリカ製だろう、巨大なダブルドアの冷蔵庫を、四人の男が腕の長さほどあるハンマーをもってとり囲んでいる。

「こいつらは戸田橋デストロイヤーZ。なんでもぶっ壊すのがやつらの得意のコンテンツだ。今までで一番再生回数を稼いだのは、冷蔵庫でなくベンツを解体した動画だ。一日がかりで廃車寸前のE320をばらばらにした」

ゴリラのマスクが早送りで冷蔵庫を破壊しだした。

「なんとなくこいつらがどういうグループかわかるだろ。解体のほかで、こいつらが得意なのは他のユーチューバーをディスることだ」

画面のしたに並んだサムネールから、ひとつ選ぶ。重低音のリズムトラックが流れだした。ゴリラのマスクをかぶったまま四人が廃品の山のうえで踊っている。

「時代の先端ユーチューバー、子どもだまして大金ゲット。今日も朝から血液さらさら、涙流して玉ねぎくうくう」

韻をまったく踏んでいない下手くそなラップだった。

「この手のやつはどこにでも湧いてくる。おれも相手にしなければよかったんだが、ちょっと腹が立つことがあって、動画でこいつらに反撃しちまった。人様が精魂こめてつくったものを、壊すことしかできないゴリラども。やつらの脳みそは、やつらの糞《くそ》並み。上野動物園のゴリラ舎で昼寝してる本物の映像をバックに、こっちも適当なラップをいれてやったんだ」

ちょっとおもしろそうだ。おれは低レベルのものごとは基本的に大好き。

「その映像見られないのか」

「そっちのほうはもうユーチューブから消去した。だけど、やつらが腹を立ててな。おれはあと三日でユーチューバー三周年なんだが、そいつを台なしにしてやるって脅迫が届いた。こいつだ」

またもスマホを操作する。ムービーファイルを呼びだした。タップしてセレクト。なんというかユーチューバーは全部デジタルですませる癖があるようだ。映像は薄汚れたテーブル。そのうえに皮をむかれた玉ねぎがおいてある。横には下手くそな似顔絵で流星が描いてある。額には★がひとつ。

「戸田橋デストロイヤーＺから、三周年記念にプレゼントをやる。それがこいつだ」

ハンマーが落ちてきて、玉ねぎが一瞬で破片とジュースに粉砕された。カメラの直前にゴリラのマスクがあらわれる。

「玉ねぎ野郎。三年でお陀仏《だぶつ》。こうなんないように気をつけろ」

映像はぷつりと切れた。全部でＣＦ半分ほど。流星はおかしなところに感心していた。

「やつらもなかなか腕があるな。ツイッターがやってる六秒のショートムービー専用の動画共有サービスでＶｉｎｅってのがあるけど、今のなんかは再生稼げるんじゃないかな」

自分が脅《おど》されているのに、映像の撮影方法や編集をほめる。なんだかよくわからない人種だ。やっぱりおれは古くさいアナログ人間なのかもしれない。

「ユーチューバー三周年記念って、なにか特別なことやるのか」

なぜかわからないが、芸能関係とかネット方面では妙に周年記念のイベントが好きだよな。おれはもう何年もコラムを連載してるけど、そんな記念イベントなどやったことがない。流星は顔を崩して笑った。なんというか憎めないやつ。

「もちろんだ。こいつを見てくれ」

またもスマホを操作する。次世代のやつらの生活って、もうこれ一台で全部片がつくんじゃないだろうか。生まれてから死ぬまでの全部。人さし指をしゅっしゅっで終了。呼びだされた動画は、またも死ぬほどくだらないやつ。

歩道橋の踊り場に流星が立っている。遠くにビックカメラが見えるから、撮影場所は東口の明治通りの先のほうか。頭にはヘルメット。田舎の中学のジャージみたいなださい格好。身体のあちこちには数字がでかでかと書かれた布がガムテープで貼ってある。流星は右腕を突きあげて叫んだ。

「なにがでるかな、なにがでるかな。人間サイコロ投げちゃうぞ!」

やつはいきなり頭からダイブした。階段を転げ落ちていく。ぼこぼこと身体のあちこちをぶつけながら、道路まで落ちると右肩から歩道にクラッシュ。そのままの格好で静止する。カメラが寄っていく。アップになった左側の腰には4の数字。

「4を選んだきみは、今日はラッキーデイだ。あー痛くて、気もちいい。サンキュー!」

おれはあきれていった。

「この階段落ちにはなにか意味があるのかな。二十一世紀のアクションアートとかさ」

流星は自信満々でいう。

「いや、ぜんぜんない。意味はないけどおもしろいってのが、ガキの好みなんだ。階段落ちは玉ねぎと並んで、おれの人気シリーズだ。三周年にはあそこでやるつもりだ」

蛍光イエローの袖が伸びて、背後にある芸術劇場を示した。恐るおそるおれは質問する。

「あのエスカレーターか？」

「ああ、もちろん。それも一番長いやつな」

西口公園に隣接する東京芸術劇場は定員二千人の大ホールをはじめ、大中小よっつのホールがある複合施設だ。ガラスの大屋根のしたには一気に普通のビルなら三階分の高さまでのぼれるくらいの長さ三十メートルを超えるエスカレーターがある。

「あのエスカレーターで階段落ちか。あんたって本気で身体を張ってるんだな」

「あたりまえだろ。そのあたりの大企業の社長ふたり分くらいは、ユーチューブで稼いでるんだからな。骨の一本や二本安いもんだ」

ため息がでる。仕事の種類はまったく異なるが、おれがそれくらいの覚悟でコラムを書いていたら、もっと読者をつかめたかもしれない。にやりと笑って流星がいった。

「怪我したら逆にラッキーだろ。骨がつながるところやリハビリをアップロードできるんだぞ。おいしいに決まってる。まあ、右手だけは守るようにするよ。スマホをいじれなくなるからな」

今回はあと三日と期間的にも短い。流星は金なら十分もっていそうだ。しかも、おれがしらない世界で身体を張って生き抜いている。

「わかった。三周年記念のエスカレーター落ちまで、おれとGボーイズがあんたを守るよ。金の話はむこうとしてくれ。おれは基本いつも無料のボランティアだから」

「あんたって、今どきめずらしいタイプだな」

頭のいかれたユーチューバーはコラムのネタなら二回分にはなるだろう。二カ月は締切の心配をしなくてすむ。おれにとってもメリットがないわけじゃない。


アドレスを交換すると、流星がベンチを立ちあがった。

「さて、どうする。マコトは今日はいそがしいのか」

「夕方までなら、だいじょうぶ」

それとなく円形広場を見わたす。見覚えのあるGボーイの顔が青空将棋の観客のなかに見えた。タカシは今もおれと流星に張り番をつけているのだ。

「ちょっと待ってくれ」

おれは流星からすこし離れた別のベンチにむかった。スマホで池袋のキングを選択する。

「どうだった?」

耳にクールミントでも詰めたみたい。夏にこいつの声をききながら眠れたらと、女たちがいうのもよくわかる。

「仕事を請《う》けた。金の話はそっちでするようにいった。あと三日が山だ。タカシのほうは戸田橋デストロイヤーZというグループを調べておいてくれ。戸田橋あたりの廃品処分場をしらみつぶしにしてほしい。ガキは四人組で……」

おれはさっき見たばかりの映像を思いだす。

「そうだ。ひとりやけにちいさなやつがいた。身長が百六十もないくらい。映像はユーチューブにたくさん残ってる。ゴリラのマスクをかぶった集団だ」

タカシは無関心にいう。

「140★のつぎは、ゴリラのマスクか。ネットというのは上品なもんだな」

その点についてはおれも完全に同意する。だが、本の世界だって同じだった。人の最低と最高が同時に存在する。だから広大で無限で可能性に満ちたメディアなのだ。

「今のまま流星には張りこみをつけておいてくれ。やつの部屋の住所、いくぞ」

おれは名刺の住所を読みあげた。いったいGボーイズは三日間のボディガード料金をいくらに設定しているのだろうか。街の興信所よりも安いとは思えなかった。

「ユーチューバーって、実際のところなにをしてるんだ?」

街の王でも新しいネットビジネスには興味津々のようだった。おれは目のまえで見せられた玉ねぎの芸を思いだした。ハンマーで自動車を破壊するとかな。悪趣味な悪ふざけネタで稼ぐ百万回再生。

「おまえはあまり下々《しもじも》の下世話な動向に気をまわさないほうがいいと思う。今度話してやるけど、きくだけ無駄だったというんじゃないかな、きっと」

「そうか、おまえがそういうなら、実際そうなんだろう。なら別にいい。仕事を続けてくれ」

声の響きが消えないうちに通話が切れた。おれは池袋ウエストゲートパークの空を見あげた。さっきまで東武デパートのうえにあった雲は、形を崩しながら東のほうに流れていった。ネットに溜めこまれ、日々増殖していく何億時間分もの映像について想像してみる。おれたちは最先端のメディアの中で、首まで泥につかって生きている。

流星とおれは西口公園をでて、横断歩道をわたった。マルイのまえをとおりすぎる。池袋らしくない超高層マンションは地上四十二階建て。今どきおかしな話だが、駅前商店街の一軒家で育ったおれには、オートロックがなんだかいまだに目新しいんだ。

二十二階までエレベーターはほんの十数秒で上昇した。耳がつんとする。

「ここはおれの住まい兼スタジオなんだ。こっちだ、きてくれ」

外廊下から池袋の街を見おろすと、人はアリでクルマはカブトムシくらい。アリがネットでディスられて報復予告をする。馬鹿な話。スチールの扉を開けると、玄関には二足のスニーカーがあった。おれの視線に気づくと、流星はいう。

「企画・撮影・編集をやってもらうアルバイトのスタッフがふたりいるんだ。紹介する」

短い廊下を奥のリビングへ。十五畳ほどの広さがあり、片側にデスクが壁にむいて並んでいる。アルミサッシのむこうは西むきだろう。午後の日ざしがまぶしかった。スキンヘッドに薄手のTシャツ一枚の男が会釈《えしやく》してきた。いい大胸筋をしている。

「こっちがゴング斎藤《さいとう》。プロレスマニアで、格闘技解説動画をあげている。で、こっちがチードル♥♥♥横井《よこい》。池袋、中野、秋葉原、東京中の地下アイドルおたくだ。もちろん動画をアップしてる」

アイドルおたくは前髪が目を隠していて、まったく表情は読めなかった。これでディスプレイを見にくくないのだろうか。おれは頭をさげていった。

「基本はみんなユーチューバーなんだな。最近こういうの多いのかな」

紹介が終わると、アルバイトはさっさと自分のパソコンにもどった。おれには動画数秒分の興味もないという感じ。流星はリビングの反対側に、おれを案内する。

「で、こっちがプライベートのスタジオだ。数々の名作が生まれたな」

三方に白い布を垂らした純白のホリゾントになっている。照明用のポールが四本立てられていた。流星は鼻高々だ。

「ここでシューティングされた動画の総再生回数は楽に三億回を超えてる。すごいだろ」

日本人全員が三回近く見たことになるのだ。それなのにおれもタカシも、140★流星の名前はまったくしらなかった。メディアも情報も娯楽も、恐ろしくタコツボ化している。そのときおれのスマホが振動した。

「ちょっとすまない」

おれはすこし開いていたアルミサッシを引いて、バルコニーにでた。着信はタカシから。手すりにもたれて、ガールフレンドとでも話している気楽な振りをする。タカシは電報のように無駄のない話しかたをする。王の時間は貴重だ。

「流星に尾行がついている」

「Gボーイズ以外でか」

「そうだ。いちおううちでもガードをつけておくが、外出を控えるようにいってくれ。夜七時、クルマで迎えにいく。Gボーイズとの話はそのときだ」

「わかった」

地上二十二階を吹く風はウエストゲートパークよりすこし冷たかった。

「それから、デストロイヤーZの動画をいくつか見た」

「最低だろ」

「ああ、最低だ。マコトがいっていたチビがやつらのリーダーのようだな。ベンツをどこから解体するか、やつが指示をだしていた。Gボーイズに荒川沿いの廃品処分場をクルマで回らせている。明日にはどこで撮影したか確定できると思う」

おれは室内でなにかを話して笑っている三人のユーチューバーを見た。こんな高級マンションをスタジオ兼用で借りられるくらいだから、流星の収入はかなりの額なのだろう。ユーチューバー同士でも嫉妬や競合はあるのだろうか。

「それとな、新しいボーイズをそっちにむかわせている。デストロイヤーZの尾行に尾行をつけるんだ。やつらもあんなことをしているくらいだから、池袋のGボーイズの名はしっているだろう。流星はおれたちの保護下にはいった。手をだせば、おれたちが全力で潰しにいくといえば、それで今回の一件の片がつくかもしれない」

圧倒的なネットワークと人海戦術、それにキング・タカシへの熱烈な忠誠心がある。ちいさなグループが刃むかえる相手ではなかった。

「それですむといいんだがな」

おれはこれまでのトラブルで、勝ち目などまったくないのに無茶を重ねて潰れていくやつらをたくさん見てきた。ある種のガキはなにか目的があるというより、破滅自体が望みだったりするようだ。まあ、そういうのを青春と呼ぶのかもしれないが。

ユーチューバーは今でこそ、職業として認知され始めているが、数年前始めたときには誰ひとり勝算などなかっただろう。夜明けまえの投稿サイトにあきらめることなく、腐ることもなく毎日動画をアップしてきた。そうしたやつらの執念を軽く見ないほうがいい。そいつはおれの勘だが、説明が面倒だった。

「話は伝えておく。おれは夕方から店があるから、ここを離れる。明日から流星に張りつくつもりだ」

さよならもなく通話が切れた。おれは二層ガラスの重いサッシを引いて、あたたかな室内にもどった。


おれは流星に声をかけた。

「あんたに尾行がついている。西口公園からつけてきたようだ。相手が戸田橋のやつらかは、まだわからない。タカシは尾行に尾行をつける手配をした」

事実をそのまま伝える。ディスプレイにむかった地下アイドルおたくの背中が、ぴくりと一度だけ震えた気がした。流星は驚きの顔でいう。

「じゃあ、さっきおれたちが話しているときも、尾行がいたんだ」

「そうみたいだな。今もしたで張ってるらしい」

「そいつはすごいな。豪勢だ。おれ、尾行されるの初めてだよ」

そういうと一眼レフカメラに望遠レンズをつけて、バルコニーに飛びだした。おれもあとを追う。背中にいった。

「やめとけ。相手を刺激することはない」

「いや、うまく撮れたらアップできるだろ。間抜けなデストロイヤーZの間抜けな尾行。やつらにも百万近いチャンネル登録者がいるから、かなり削ってやれるぞ。ゴリラマスクのしたの間抜けな素顔ってのもいいかな」

望遠レンズを手すりから突きだそうとしたところで、おれは流星を引きとめた。

「ダメだ。こちらが尾行に気づいたとしったら、むこうはすぐに中止する。泳がせておいてGボーイズに張らせて、むこうのアジトを特定したほうがいい」

流星は不服そうな顔をして、おれを振りむいた。

「でもさ、いい撮影のチャンスだろ」

「あんた、わかってないな。Gボーイズが本気で尾行をするときには二十人近い人間が動くんだぞ。クルマ、バイク、鉄道、徒歩、あらゆる事態を想定して、人を配備する。もうすこしすれば、このタワーマンションのまわりには誰も逃げられない包囲網が敷かれる」

すこしおびえた表情になった。流星がつぶやく。

「けっこうおおごとなんだな」

「料金も安くはないよ。だが、こういうことはやるときには徹底してやらなきゃダメなんだ。中途半端はない」

「わかったよ、なんだかつまらなくなった。ちょっとおれ、トイレ」

カメラをさげて流星が室内にもどった。便所にいく流星を見送り、おれはフレンドリーな笑顔をつくって、アルバイトのふたりのほうをむいた。やつがいないすきに評判をきいておきたい。

スキンヘッドのプロレスマニアにきいた。

「流星さんってさ、普段はどうなの。人づかいは荒い？」

スキンヘッドは地下アイドルおたくと顔を見あわせた。

「いやあ、そうでもないっす。それより真島誠さんですよね。キングの親友の」

右手をさしだしてくる。握った。分厚いてのひら。

「おれもこのへんの高校なんですけど、タカシさんとマコトさんの活躍はいろいろときいてます」

たまにこういうファンがおれにもいる。九十九パーセント男だけどな。

「ありがと。で、流星ってどう」

「毎日動画をアップしてるから、いそがしいときはほんとにきついけど、ここにある機材はおれたちにも自由につかわせてくれるし、イベントなんかがあるとちゃんと休みをくれます。おれ先週関西遠征があったんですけど」

こいつはプロレスのリングに自分でもあがっているのだろうか。プロテインとジムワークで筋肉はアメコミのヒーロー映画の悪役みたい。なぜか筋肉好きはひとサイズちいさなTシャツをぴちぴちで着るよな。おれの視線に気づいたようだ。

「いや、観戦だけですよ。学生時代はアマチュアの試合にでてましたけど、腰をやっちゃって。今じゃ普通のセックスもきついくらいなんですから」

からからと大口を開けて笑った。となりのデスクではチードル♥♥♥横井が、忌々しげにうつむいている。ゴング斎藤がいった。

「こいつ、素人童貞でセックスは結婚する相手としかしちゃいけないって信じてるんです。絶対に処女としかつきあわないんだって。つきあった経験はないんだけど。笑っちゃうでしょ。地下アイドルなんて、みんな男つくってやりまくってるのになあ。おまえの好きな絶対零℃乙女キューティーズのはるりんとかもさ」

「うるさいな、脳筋。はるりんは中学校のフォークダンスでも、男子の手にさわらなかった子だぞ。きれいなままに決まってる」

地下アイドルが処女かどうかなんて、おれにはどうでもいい話。

「それよりさ、流星さんって最近どうなの」

前髪で完全に隠れて目の表情が読めないって、困るよな。嘘をついているのかまるでわからないのだ。横井は淡々といった。

「これは流星さんのことでなくて、ユーチューバー全般についてなんですけど」

脳筋のプロレスマニアが腕組みをしてうなるようにいった。

「あー、チードルそれいっちゃうんだ」

「いいじゃないか、ユーチューバーなら誰でもしってることなんだから」

「世間の認知度はゼロだろうが」

廊下の先でトイレのドアが開く音がした。横井が早口でいう。

「年末にいきなり報酬額が引きさげられたんです。事前の通知もなく、半分くらいにされちゃって。ユーチューバーはみんなたいへんだっておお騒ぎしました。ようやく生活できるようになった人も、またアルバイト暮らしに逆戻りしたって」

そんな話は当然、初耳だった。報酬額がさがって、ユーチューバーの生活が苦しくなっている。まったくニュースになっていなかった。

「みんな、どうしてるんだ？」

横井は投げやりにいう。

「どうしようもないでしょう。サイトのプラットフォームをにぎってるのは、むこうなんだから。出入り禁止にされたら、明日から生きていけないんです。回数を稼ぐために、みんな過激なことをするようになったりしてますよ」

「戸田橋デストロイヤーZもそんな感じなのかな」

今度はゴング斎藤がいった。

「あいつらの有名ユーチューバーたたきは最低ですよ。どの世界にも売れてるものへのアンチがいるんで、けっこう再生回数も稼いでいるし。まあ過激派ユーチューバーって感じかな」

そのとき半透明のガラス戸を開けて、流星がもどってきた。腹を押さえていう。

「さっきのベンチで冷えたかな。あるいは玉ねぎが効いたのかもしれない。腹壊しちゃった」

ゴング斎藤がいった。

「流星さん、玉ねぎタイムのあとはけっこうな確率で腹にきますよね」

「しょうがねえよ。それで百万回再生稼げるなら、毎日下痢でもいいわ」

豪快に笑った。ユーチューバーの事務所というより、男子専用の学生寮みたいだ。再びおれのスマホがジーンズのポケットで振動を始めた。バルコニーにでる。

「やられた」

タカシの声は別に残念そうでもない。いつものとおり凍った水たまりみたい。

「なにを？」

「こちらが到着する直前に尾行に逃げられた。ぎりぎりだったんだがな。二名しかいなかった。メトロの有楽町線でまかれた」

最悪のタイミングだった。バルコニーでバズーカ砲のような望遠レンズを振る流星に気づかれたのだろうか。

「そうか、明日から仕切り直しだな」

「ああ、おまえもそこを離れていいぞ。いちおうクルマとボーイズは残しておくが、もうひもはついてない。たぶん安全だろう」

なにか引っかかる。タカシはいつも確信のあることしか口にしない。水たまりの氷を誰かが割ってしまったのだろうか。声の温度感もおかしかった。

「なにがあった？」

「メトロの乗り換え通路だ。追いすがったGボーイがやつらにやられた。硬質ゴム製のハンマーで頭を殴られたそうだ。救急に連れていっている」

おれたちが二十二階のスタジオでネットの最前線についておしゃべりしているあいだに、地下ではそんな事件が起きていたのだ。

「意識はあるのか？」

「ああ、だいじょうぶ。血はでていない。高さ三センチのこぶができただけだそうだ。いちおう頭部だから、CTを撮るらしい」

とりあえずよかった。おれは安堵《あんど》して単語をひとつ漏らした。

「……ハンマーか」

タカシの声が液体窒素のように冷えこんだ。王は激怒している。

「ああ、ハンマーだ。つい最近、おれはハンマーをもったゴリラを見た気がする。ユーチューブでな。やつらにはジャングルのほんとうのルールってやつをたたきこまなければいけない」

戸田橋デストロイヤーZ。あの四人組は自分たちがどんな獣《けもの》に手をだしたのかわかっているのだろうか。ゴリラの腕力がいかに強くとも、頭の切れるキングに統率されたアフリカゾウの集団に勝てるはずもない。おれはそのとき確かに過激派ユーチューバーを気の毒に思った。だが、やつらだってそうやすやすと捕獲されるはずがなかったのだ。

野生のゴリラはヒョウの顎《あご》を引き裂く腕力をもっているが、ひどく賢く慎重。


その日はまっすぐに帰って、店番にはげんだ。とちおとめとグレープフルーツとオレンジを売りまくる。栃木産とフロリダ産とスペイン産。なんというか果物屋はグローバルなビジネス。

夜になって自分の部屋にあがり、ていねいにユーチューブを見てみた。おれが好きなクラシックを調べてみる。ベートーヴェンの交響曲全集が何種類もアップされている。だいたい五時間分。ピアノソナタ全集も選りどり見どり。こちらは九時間弱。おれは古くさいパッケージソフト派なのでまったく圏外だったのだけれど、これではCDが売れなくなるのはあたりまえだ。ため息がでる。

おれはCDラックからグールドの弾くベートーヴェンのピアノソナタ十七番を選んで、プレーヤーにセットした。「テンペスト」（＝嵐）という標題のついた歯切れのいいソナタだ。外では南からの強風が吹いて、電線がうなっている。

戸田橋デストロイヤーZの動画を集中的に見ていく。やつらのテーマは破壊だった。ハンマーでなにかをぶっ壊すのと、名の売れたユーチューバー界のスターたちの名声を地に落とす。まあ、ディスられるほうも問題を抱えているのだ。ユーチューバーもゲーム実況だとか新製品の開封だとか、どうしてこれを見ていられるんだって質の悪い動画を無数にアップしている。流星の玉ねぎもずいぶんとくだらないが、それでもいく分ましなほう。

それからユーチューブの泥沼を真夜中まで空《むな》しくさまよった。とてつもなく疲れる。くすりと笑えるのや、なるほどと感心するのは、ほんのわずか。こういうメディアが映画やテレビや音楽といった業界すべてにとって代わるのだろうか。悪貨は徹底的に良貨を駆逐する。

おれは布団に倒れこんで、ふて寝した。明けがたに見た夢は曇り空の海岸。さざなみが果てしなく水平線まで広がっている。その波頭のひとつひとつがジャンク映像できらきらと光っているのだ。押し寄せてくる映像の波。どれかひとつをよく見ようと思わなければ、それは案外うつくしい景色だった。

翌日、おれはタカシとの手はずどおり、流星に一日張りつくことになった。コミュニケーション能力にすぐれ、どんな場にも溶けこめる。武闘派のGボーイズにはない、おれの特長だ。

二十二階のスタジオに到着したのは、昼まえ。流星の部屋はなんだかいい匂いがした。

「おはよう、なにやってんだ、これ」

流星はテンションが高かった。

「撮影に決まってるだろ。撮影してないときは、なにを撮るかの企画を練ってるか、動画を編集してるか。ユーチューバーにはその三パターンしかない」

毎日動画をアップするには、それくらい勤勉でなければならない。仕事はなんだって、たいへんだよな。

「ちなみに今日はなんなんだよ」

「インスタントラーメン。ここのメーカーがスポンサーになってくれてるんだ。ただつくっただけじゃ、つまらないから、流星流のトッピング企画を動画にしてる」

それからの一時間半で、流星は豚骨醬油の即席麵を三回つくった。トッピングはマンゴーシャーベット、ソーダ味のグミ、粉々に砕いたキャラメルウエハース。三杯全部きれいに平らげたあとで、やつがくだしたトッピング一位はウエハースだそうだ。つくづくどうでもいい話。この動画が小中学生を中心に百万回再生を稼ぐ。ネットの驚異だよな。

二時ごろ、外出することになった。遅い昼食とビックカメラで注文していた新しいビデオ機材の回収だ。流星はさすがに元ビデオアートの制作者で画質には厳しかった。おふざけの映像も最新の機材で撮影している。スマホでざっくりシューティングすることもあるが、スタジオでは4K動画が撮れるプロ用一眼レフが定番だ。

その日はゴング斎藤の口数がすくなかった。チードルのほうはめったに口をきかないので、しゃべるのは流星ばかり。高速エレベーターで地下駐車場におりていく。箱のなかで流星がいった。

「ゴング、おまえがランチ決めていいぞ。なんにする。高級なやつでもいいからな。東武デパートの最上階とか」

斎藤はおれとも目をあわせなかった。投げやりにいう。

「なんでもいいっすよ」

おれはいった。

「どうかしたのか」

筋肉バカがなにかいいたげな目をしたが、流星がさえぎった。

「いや、こいつ今週いっぱいで流星スタジオを卒業するんだ。来週からは一本立ちのユーチューバーになる」

「そうか、おめでとう」

口をとがらせてゴングがいった。

「あざーす」

エレベーターをおりて薄暗い地下駐車場を歩いていく。流星について何度か角を曲がると、だんだんやつの足が速くなった。

「なんだよ、あれ」

最後には四人全員駆け足になっていた。

「いったいどこのどいつが、こんなことを……」


流星のクルマは白いアルファードで、ドアには流れ星のシールが貼ってあった。だが、フロントガラスは真っ白に細かなひびが走り、サイドの窓はすべてたたき割られていた。室内は消火器で撒いたのだろうか、粉だらけで真っ白だ。流星が怒りで、顔面を真っ赤にしていた。

「チードル、おまえビデオもってるな」

携帯用のビデオカメラはユーチューバーの必需品らしい。地下アイドルおたくがカメラをとりだした。

「ちゃんと撮っといてくれ」

アルファードの周囲をまわり、すべてを撮影していく。おれはスマホを抜いて、タカシに報告をいれた。

「流星のクルマがやられた。ウインドウを破られて、なかに消火器を撒かれた。ここで張り番をしていたGボーイズからなんかあがってないか」

北風のようなため息。

「そのビルは警備がむずかしいんだ。三階まではコンビニやショップがはいってるだろ。地下駐車場は共有で客が自由につかえるようになってる。いちおうは確認しておくが、あまり期待するな」

「わかった」

通話を切って、流星に声をかけた。

「これからどうする？」

「まず昼めしだ。ビックカメラにもいく。それからスタジオにもどって、今日の分の動画の編集をすませる。警察への被害届はそのあとだな」


歩いて東武とビックカメラをまわるあいだ、Ｇボーイズのボディガードが三人おれたちに張りついた。真昼間の池袋でハンマーをもった男たちに襲われるとは考えにくいが、それでも不気味な恐怖を感じる。真っ白にひび割れたガラスって、映像的に力があるからな。

スタジオにもどったのは三時半で、春の日はかなりかたむいていた。流星はパソコンで編集作業をしているチードルの背後に立ち、画面のつなぎどころを指示している。

「おれは無駄なところはすべてカットしてしまう。編集にはその人間がもっているリズムとか呼吸がよくでるんだ。つまらない素材でも編集がよければ、なんとか見られるものに仕あがるもんだ。そこ切らないで」

流星がマンゴーシャーベットをできたてのラーメンにのせるシーンだった。誤ってかたまりごと落として、汁が飛び散る。

「テーブルにこぼれた汁のアップないのか」

「ないです」

「なんのために二カメで撮ってんだよ。まあ、いいや」

おれは流星のとなりに立っていた。正直かなり退屈だ。動画編集ってひどく地味な作業だからな。おれのほうをちらりと見ると流星がいった。かなり真剣な口調。

「おれほどネットのことを考え抜いたやつは、ユーチューバーではほとんどいないと思う。リアルなメディアとネットでは正反対なんだ。テレビや映画や本では、ひとつのできあがった世界を提供するだろ。矛盾がなくてリアルなひとつながりのストーリーだ」

おれは流星の横顔に目をやった。モニタの光を受けてかすかに青い。

「だがネットでは違う。ストーリー的ではなく、単発のエピソード型なんだ。世界観や統一感は求められていない。鋭く世界を映す断片があればいい。人物だって、まるごとの人間性でなく、わかりやすいキャラがあれば十分。作品世界よりも、日常性のほうが重要なんだ。考え抜かれた言葉よりも、その場で思いついたおしゃべりがいいしな。つくりこんだ嘘でなく、あるがままのチープなリアルさのほうが受けがいい」

おれには正直よくわからない話だった。

「断片的、エピソード、日常性、カジュアルさ、わかりやすいキャラ、即時性、定期連続投稿。表現の特徴としてはそんな感じだが、今までのメディアとは百八十度違うんだ。おれはこの三年間、ネットとはなにかを考えながら毎日毎日動画をアップしてきた。だから、ユーチューバーなんてすぐに消えてなくなる泡みたいなビジネスだというやつには、胸を張っていえる。間違ってるのは、オマエだ。そんな甘いもんじゃないし、世界はネット的な方向に今も急激にシフトしてるってな。でっかくいえば今、文明史的な変化の真っ最中なんだが、誰もその未来がわかってないのさ」

流星はおれのほうをむいて、にやっと笑った。その瞬間はタカシに負けないイケメンにみえたのだから不思議な話。

「まあ、おれもユーチューバーって仕事に誇りをもってやってるってことだ」

やつのその日のカッコは蛍光色ミントグリーンのパーカー。なんというか季節外れのホタルみたい。流星がおれの肩をたたいた。おれはうちの果物屋をそんなふうに誇りをもって語れるだろうか。

まあ、店番もカジュアルで断片的で日常の業務ではあると思うけどな。

おれは途中で退席したけれど、やってきた警察官との対応には二時間以上かかったという。証拠の写真と証言だけで膨大な量になる。まあ公式に被害届と報告書をかかなけりゃいけないしな。役所の仕事はGボーイズみたいにスポーティじゃない。

気味が悪いし危険だから、もう外にはでないという流星を残して、おれは店番にもどった。一度きいた曲って妙に耳に残るもので、グールドの「テンペスト」をかけながら、またも地球を半周してきたフルーツを売る。

おれが考えていたのはふたつ。

まず世界はほんとうにネット的な断片スタイルに変わっていくのだろうか。それならおれのこの話はぴったりかもしれない。まあ、期待はできないが。

もうひとつは、今回は襲われたのが自動車で人間でなくてよかったということだった。ハンマーでたたかれるのは、頭蓋骨《ずがいこつ》よりガラスのほうがいいもんな。


その夜店じまいをしていると、うちのまえの歩道にやけにでかい影。顔をあげるとゴング斎藤だった。三月の終わりでも夜になると肌寒い。でも、やつはブルーザー・ブロディのTシャツのうえにデニムのベストを一枚。おれの顔を見るという。

「ちょっと話があるんですが、いいですか、マコトさん」

深刻で思いつめた表情。

「ここでいいのか」

ゴングは周囲を見わたした。夜の池袋西一番街。酔っ払いと帰宅を急ぐ会社員がぱらぱら。最近は客引きが禁止されているので、ミニスカの女たちはめったに見ない。

「いえ、ちょっとまずいです」

「十五分待ってくれ。店閉めちゃうから」

おれたちがむかったのは、ロマンス通りの純喫茶。ここはスタバと違ってノートパソコンを開いて、見せびらかすように作業しているガキがいないから、おれのお気にいり。

「で、話ってなに」

おれたちはホットのカフェラテを注文した。ここのは意外なことにきちんとエスプレッソでつくる本格派。紫のソファにはタバコで開いた穴があるけどな。ゴング斎藤はでかい身体を丸めて、一気にいった。

「おれは一本立ちするんじゃなくて、あのスタジオ首になりました」

「どういうことだ」

顔をあげて、おれの目を見る。

「流行のリストラと経費削減ですよ。おれよりもチードルのほうが動画編集の腕がいいってことなんですかね」

憮然《ぶぜん》としている。

「だけど流星はかなり稼いでいるんだろ」

「年末の報酬減額がじわじわ効いてきてるんです。流星さんは機材にはケチらないし、あのスタジオも中古だけどローン組んで買ってるから」

「そうだったのか」

ネットの世界もリアルな世界と同じで、暮らしは楽ではないのか。夢のない話。ゴングがもじもじとなにかいいにくそうにしている。

「おまえさ、いいたいことあるならいっちゃえば。もう流星とはかかわりないんだろ」

「マコトさん、おれからきいたって絶対に秘密にしてくれますか」

薄暗い夜の純喫茶でうなずいた。告白でもされる気分だ。

「流星さんと戸田橋デストロイヤーZのもめごとはプロレスです」


衝撃だった。プロレス？

「筋書きがあるってことか」

ゴング斎藤がうなずいて、声を低くした。

「そうです。ちゃんと打ちあわせをして、おたがいに反則技を繰りだしてる。流星さんがベビーフェイスで、やつらがヒールです。年末の報酬額引きさげから、どのユーチューバーも再生回数を倍増させなければならなくなった話はしたでしょ。流星さんは戸田橋のやつらと組んで、炎上商法を仕かけたんです。おたがいにディスりあって、トラブルを起こし注目を集め、客寄せする。全部三周年にむけてのイベントのひとつなんです」

おれはすぐには信じられなかった。香り高いラテをのんで、気を鎮める。

「だけど、Gボーイズも頭をやられたし、アルファードも壊された」

ゴングが肩をすくめた。

「デストロイヤーZだってつかまる訳にはいかなかったし、クルマは保険でなんとでもなります。

ボディに傷はないし、なかに火をつけられた訳じゃない。流星さんはあのクルマの映像、もうネットにアップしてますよ。人気ユーチューバーの愛車が襲われる。ヤフーニュースのトップです」

「そうだったのか」

「おれもちょっとがっかりしてるんです。戸田橋とのプロレスにはいくらかわからないけど金を払ってるみたいだし。そんなことにつかう金がある癖に、おれはあっさりリストラでお払い箱でしょう。いくらなんでもひどすぎる」

首になった恨みか。やはりリストラって、組織を弱体化するよな。無駄を削るというが、体力まで削られ、社内の雰囲気まで悪化する。

「おれがいいたいことはそれだけです。でも、おれがいったって絶対に秘密にしてくださいよ。ユーチューバーとしてこれからもやっていくんで、そこんとこよろしくお願いします」


おれは自分の部屋にもどり、布団のうえから電話をかけた。まだ夜十二時でタカシは余裕で執務中だろう。王さまはいそがしいのだ。

「マコトか、なんだ。こんな時間にめずらしいな」

「話がある」

「話せ」

この断片的な話しかたはネットむきかもしれない。おれは流星とデストロイヤーZの裏取引と炎上商法について簡潔に話した。タカシはかちかちに凍りついた声でいう。

「流星にも戸田橋のやつらにも、けじめをとらせないといけないな」

「待ってくれ。おれが明日、流星と直接話をしてくる。まだ斎藤のちくりだけで、証拠はないからな」

「わかった、報告を待つ」

いきなり切れた。おやすみのひと言もない。無駄がないカット割りの王さま。


プロレスなら、もう心配することはなかった。おれも尾行に気をつけていたのだが、翌日はのんびりと周囲を気にすることなく、流星のスタジオにむかう。ぽかぽかとあたたかな春の日ざし。今度の心配は逆に、タカシとGボーイズがどれくらいのペナルティをやつに科すかだ。

二十二階ではまたも撮影中。今度は文房具の新商品の紹介らしい。花の匂いつきの消せるボールペン、フレーク状の消しゴム（貸してといわれたら、ひとかけらあげられる!）、分度器とコンパスにもなるシャープペン（変身ロボットみたい）。

撮影が終わるのを一時間待ち、流星に声をかける。

「ちょっと話があるんだが、いいか」

流星はさっそく動画編集にとりかかったチードルのほうを見る。おれの口調になにかを感じたのかもしれない。

「ああ、まずい話かな?」

「そうだな、バルコニーにでようか」

それでおれと流星はふたりで肩を並べ、池袋の春の鈍い青空にむかうことになった。


おれは話し始める。

「ネットで見たんだが、最近ネットでは炎上商法がはやりらしいな。トラブルを起こして、集客し、再生回数を稼ぐ。今朝見たけど、あんたのアルファードのやつ、もう七十万回も見られてたよな」

「今は八十二万回だ。それで？」

ひるまない。さすがにユーチューブのスター。

「あんたと戸田橋のガキが組んで、三周年にむけてトラブルを仕かけた。あんたは池袋育ちだから、Gボーイズやおれはいい脇役だと思ったんだろうな。あんたは金も払ってるんだろ、ゴリラのマスクにさ」

どんな人間でも自分で悪いとわかっている部分を指摘されると、目が泳ぐものだ。職業的な悪党でもない限りね。

「誰にきいたんだ？　ゴングのやつか」

それにはこたえずに、おれは流星から視線をはずした。もう自分がクロだといったようなものだ。おれは池袋上空の雲を見る。溶けたマンゴーシャーベットのようなどろどろの雲。

「間違いはあんたが、Gボーイズにボディガードを頼んだことだ。タカシは腹を立てている。ひとり頭をやられているしな。なぜ、自分たちだけで芝居をしなかったんだ。やつはあんたにも戸田橋にもけじめをとるといってるぞ」

はるか下方の道路から間抜けなクラクションの音がきこえた。

「それは……」

どうでもよくなって、おれはいった。

「なにか釈明はないのか」

「おれは……いや、いい」

「わかった。Gボーイズにはおまえのガードを解くように伝えておく。くれぐれもタカシにはきちんとした誠意を見せろよ。やつはデストロイヤーZなんかの百倍怖い男だからな」

流星の顔色が青くなっていた。それはそうだ。池袋ではGボーイズは都市伝説だからな。何十人も行方不明になっているし、そのうち数人は粉をつけて油で揚げられ、パーティのメインディッシュにされたとかなんとかね。

「おれももういくよ。ユーチューバー三周年、せいぜいがんばってくれ」

すこしセンチな気分になって、おれはスタジオにもどり、そのままひと言もなくマンションを離れた。


またも穏やかな店番の時間がもどってくる。「テンペスト」はもうやめた。初期の素朴なピアノソナタにする。二番、三番、五番とかね。グールドが弾くと遅い楽章がとにかくすごいのだ。

ロマンチックって言葉は馬鹿がつかうものだけど、まさにスーパーロマンチック。

タカシにはやつはクロだったとだけ報告した。あとはまあ、気の毒だからあと二日待ってやれ、三周年記念くらい祝わせてやってもいいだろうと。この三年間で流星は休むことなく千本を超える動画をアップしているのだ。

おれはやけによくハミングするグールドのうなり声をききながら、店番を続けた。


その夕方、またもめずらしい客。地下アイドルおたくのチードル♥♥♥横井だ。オールド・イングリッシュ・シープドッグみたいに伸び放題の前髪のあいだから、必死の視線でこちらになにかアピールしている。

「今度はあんたか」

「話があるんですけど、ちょっとだけいいですか、マコトさん」

いそがしい時間だったが、おふくろに声をかけた。

「悪い、仕事なんだ。十五分でもどるから」

おふくろの雷が落ちる。こういうのも春雷というのかな。

「うちの店だって、仕事だよ」

横井とさっさと店を離れた。再びロマンス通りの純喫茶。同じくカフェラテ。定番のソファ席に座ると、なぜかセーラー服と三十代会社員のカップルがいた。夕方からたのしげなことしてるよな。

「これ、見てください」

またスマホを見せられるのかと思ったら、横井がシャツの袖をまくった。腕には点々と青黒い丸のあざ。

「どうしたんだ？」

「デストロイヤーZにやられました」

「だって、流星と戸田橋は筋書きアリのプロレスなんだろ」

出会って初めて横井が前髪をかきあげた。目は案外涼し気で、二枚目。

「最初はそうだったんですけど、報酬でもめてしまったらしくて。むこうのリーダーの人がどこかの雑誌で流星さんの収入を見たらしくて、こんな安い料金でやっていられるかってトラブルになったんです」

「流星は今、どうしてる？」

「昨日の夜ぼくが襲われてから、一歩もスタジオをでていません。食事はぜんぶケータリングだし、撮影もうちのなかでできるのしかやってないです。あの、マコトさんとキングが腹を立てるのはわかるんですが、なんとか流星さんを助けてあげてもらえませんか」

今度はほんとにスマホを抜いた。ｉＰｈｏｎｅ６のプラス。でかい画面は動画が見やすいよな。戸田橋デストロイヤーZの新作だった。どこかの公園の階段から玉ねぎをまき、落ちてきたやつをハンマーでたたき潰していく。

「つぎはおまえだ、流星。三周年記念、ずたぼろにしてやるぜ」

店番をしながら真剣に悩んでしまった。このまま放っておけば、明日にはユーチューバー同士が勝手に潰しあいをするだろう。プロレスだって人間がやることだから、筋書きがあってもつい本気のセメントになることもある。おれたちがいちいち介入する必要があるのか、よくわからなかった。

おれはベートーヴェンの初期ピアノソナタをききながら、あれこれと考えたが結論がまとまらなくて困った。記念イベントは明日に迫っている。もやもやした気分のままキングに電話をいれた。とりあえずは報告が必要だ。

横井にきいたすべてを話すと、タカシがいう。

「おまえはどう思う?」

「正直わからない。勝手にしろという気もちもある。だが、戸田橋のやつらに好き勝手をさせるのも気にいらない。むずかしいところだな」

タカシの声はフリーザーのなかで忘れられたひと月まえの冷凍ミカンみたい。

「三周年記念の撮影はどこでシューティングされるんだ」

「池袋だ。東京芸術劇場の大エスカレーター」

スマホのむこうで風が吹いたような気がした。なにか空気が変わったのだ。

「わかった。Gボーイズが動く。赤羽だか戸田橋だかしらないが、ゴリラどもに池袋で好きにはさせない」

「流星を守るのか」

「ああ、やつにはしらせずにな。ゴリラにはきっちりけじめをつけさせてもらう。うちのもやられているからな」

そっちのほうはタカシにまかせておけば間違いないだろう。やつの裁きは厳正公平だ。

「流星はどうするんだ？」

「そいつはあとで考える。マコト、悪いが朝から流星といっしょに動いてくれ」

おれにはタカシの考えが全部はわからなかった。とくになぜてのひらを返したのかが謎《なぞ》だ。

「わかった。だけど、タカシはどうして流星を守る気になったんだ」

またも冷たい北風の音。キングがすこし笑ったようだ。

「池袋だよ。この街で起きることは最低のことから最高のことまで、なにひとつおれたちと無関係じゃないんだ。この街を傷つけるなら、おれは動く。Gボーイズもな。そいつはおまえだって同じだろ」

そうだ、単純なことを忘れていた。ここはおれが生まれ育ったホームタウンだった。あれこれとむずかしいことを考える必要などなかったのだ。

好きなら守ればいい。ただそれだけ。

１４０★流星の記念すべきユーチューバー三周年記念日は、朝から荒模様だった。東北と北海道には雪嵐をもたらす低気圧が猛威をふるい、東京も凍えるような雨が横なぐりに降る空。おれ

は朝十時に出発するという流星と横井を高層マンションのまえで待っていた。この瞬間にもGボーイズの精鋭がおれを張っているはずだが、まったく気づかない。

ガードレールに座るおれの姿を見ると、流星が驚きの表情を浮かべた。ひざしたまであるグラウンドコートを羽織っている。横井はほっと安心したような顔をした。ネットのスーパースターがいう。

「どうしたんだ、マコト。あれでおしまいだと思ってた」

おれは肩をすくめる。

「いや、せっかくだから最後まで見届けようと思ってな」

「ありがたいけど、ちょっと危ない目にあうかもしれないぞ」

「別にいいよ、慣れてる」

おれは流星の背後に立つ横井に声をかけた。

「すごい荷物だな。撮影機材か?」

アイドルおたくは運動部の遠征につかうような巨大なダッフルバッグをかついでいた。

「はい、その他いろいろです。マコトさんがきてくれてよかった」

前髪で目は見えないが、本気でそういっているのがわかった。

「さあ、三周年いくぞ」

流星がそう叫んで、おれたち三人はウエストゲートパークにむかった。

公園の入口で横井はバッグを歩道においた。なかからとりだしたのは、撮影用の一眼レフカメラとヘルメットだ。アメフト用のメットには自分の顔を撮れるようにＧｏＰｒｏがとりつけられていた。

「よーし気合いれるぞ」

流星が頬をはたいた。グラウンドコートを脱ぎ落とすと、タンクトップに短パン、ハイソックスといういかれた格好。三月終わりの西口公園で目立つこと。ヘルメットをかぶり、やはりアメフト用のショルダーパットをつけて、ひじとひざにプロテクターをはめていく。

身体を張ったお笑い芸人みたい。

「許可はとってないからな。一気にのぼってすぐにエスカレーターからダイブする。そいつを横井がしたからノーカットの長回しで撮影して、すぐにこの場を離れる。ガードマンとか警察が面倒だから。わかったか、マコト。あんたもすぐに逃げるんだぞ」

ゲリラ撮影なのだ。許可をとろうとしても、あの大エスカレーターを転げ落ちるロケだといって、すんなりとれるはずもなかった。

「チードル、機材はいいか」

横井が一眼レフを確認した。

「だいじょぶっす」

横井が空っぽになったバッグをかつぐと、流星がいった。

「よっしゃ、タッチダウンいくぜ」

おれたち三人は東京芸術劇場のガラスの大屋根めざして、西口公園を駆けた。

横井がエスカレーターのしたに待機すると、おれと流星はのぼりエスカレーターにのった。視界がどんどん上昇していく。ガラス屋根に点々と太ったハトがとまっていた。近くで見るとガラスの斜面はかなり薄汚れている。流星がぽつりといった。

「きてくれて、ありがとな。期待してなかったから、うれしかった」

「礼なら横井にいってくれ」

訳がわからないという顔をしている。

「いや、別にいい。ただおれはあんたがいっていた文明史的な変化の先を見てみたくなったんだ」

おれはしたを見おろした。今半分くらいだがもう十五メートルはあるだろう。えらい高度だ。

「どうでもいいけど、あのうえからダイブするんだな。死ぬなよ」

流星はショルダーパットの肩をたたいた。ビデオアーティストはいう。

「まかせとけ。階段落ちはおれの特技だ」

だが、危機はダイブのまえにやってきた。大エスカレーターの天辺《てっぺん》でな。


おれたちが踊り場につくと同時にゴリラマスクの四人があらわれた。三人がゴム製のショックハンマーで武装して、ひとりはビデオカメラをかまえている。一番のチビがいった。

「待ってたぞ、流星。人を安くつかいやがって。ぼっこぼこにしてやるよ」

ひとりが流星になぐりかかった。ハンマーが硬質プラスチックの防具を打つ鈍い音がした。

「待て！」

鋭く冷たいひと言は池袋のキングの声だ。つぎの瞬間には十人を超えるGボーイズの精鋭が狭い踊り場を埋めていた。ゴリラひとりに三人ずつ張りつく。ゴリラのガキは自分たちより強い相手に多人数でとり囲まれるのに慣れていないようだった。ハンマーを振りまわすが、手足をからめとられひとりずつ制圧されていった。床にうつぶせにされ、うしろ手にコードでくくられる。

タカシがいった。

「マスクをとれ」

ゴリラのマスクのしたの顔を見た。驚いた。みな、幼い顔をしている。全員十代で、なかにはミドルかローティーンというやつもいる。おれはつい漏らした。

「まだガキなんだな。タカシ、あまりむごいことはするなよ」

キング・タカシは首を横に振りながらいった。

「連れていけ。すこしばかり絞ってやらなきゃいけない」

戸田橋のガキを隠すように一団となって奥のエレベーターにむかっていく。タカシはおれのとなりにやってきた。

「流星、あんたもGボーイズをだました償《つぐな》いはしてもらう」

流星はいきなり、深々と頭をさげた。全身にプロテクターをつけ、タンクトップと短パンという罰ゲームの格好でな。真剣だから逆におかしくなる。

「あとでどんな償いもするから、ここの階段落ちだけはやり切らせてくれ」

タカシは氷の視線でおれを見た。うなずき返す。

「いいんじゃないか。たのしみにしてるファンが百二十万人もいるんだからな」

流星はすこし涙ぐんでいる。

「ありがとう、マコト、キング。おれ、ちょっと飛んでくるわ」


大エスカレーターのくだりサイドの天辺で、流星はヘルメットのＧｏＰｒｏにむかって叫んだ。

「１４０★流星だ。さあ、三周年記念東京芸術劇場大エスカレーターダイブいくぜ。おれはこの三年間を誇りに思ってるし、ユーチューブを見てるおまえらのことも大好きだ。チャンネル登録と拡散よろしくな。レッツ・フライ・トゥ・ザ・フューチャー」

やつは頭からくだりエスカレーターにむかって飛びこんだ。


おれはその日の午後にはアップされた流星の動画を見た。劇場まえのファサードにつくまでは、正確に八・二秒。そのあいだに流星は十七回転して、あちこちぼろぼろ。その動画は伝説になり、日づけが変わるまでに三百万回再生を稼いだ。

編集とアップを終えた流星は、その足でタクシーに乗りこみ救急病院にむかった。肋骨《ろっこつ》が二本折れ、鎖骨《さこつ》と右のひじにひびがはいっていたという。まあ、そのくらいのケガなら入院はないので、その日のうちにやつはスタジオにもどっている。

おれもその場にいたのだが、乾杯はジンジャーエールだった。やつは翌日には例の玉ねぎタイムを撮影すると意気ごんでいた。ひょっとすると蛮勇《ばんゆう》のある新型哺乳類に未来は微笑むのかもしれない。

そのとき、おれが好きな本と雑誌の世界がどうなっているのか、予断は許さないけどね。


タカシとゆっくり話をしたのは、それからさらに一週間後、ウエストゲートパークのサクラは円形広場をかこんでほぼ満開だ。パイプベンチに座るおれたちの肩に、重さも厚さもない淡い花びらが散る。

「あのあと流星をどうした？」

タカシは若草色のスプリングコートをきて、真っ白なスニーカーをはいている。どちらもおろしたての新品だと輝きでわかった。

「正規のガード料金をもらった。ほかはなにもしていない」

驚いた。キングもやさしくなったものだ。

「けじめはとらせなかったんだ？」

「ああ、その代わりやつのスタジオの恒久使用権をもらった。Gボーイズもこれからなにかを発信しなければいけないことがあるかもしれないからな」

「タカシがユーチューバーになるのか」

「必要に迫られればな」

キングのことだ。きっと女性ファンをまた増やすのだろう。ネットは表面しか評価しないメディアでもある。

「マコトがいっていたメディアの未来の話な、あの半分は真実だとおれも思う」

流星にきいた話を受け売りで、タカシにも話していた。恐竜のような旧メディアと泥のなかを這いまわる生まれたばかりのネズミのような新メディア。

「そいつがなにをもたらすにしても、おれたちはただ未来のショックを受け止めて生きていくしかないんだ。文句をいうひまがあるなら、動画をひとつくらいアップしてもいいなとおれも思った。未来の波を恐れるより、一度はのってみようとな」

タカシの横顔をそっと盗み見た。くやしいが大理石から彫りだしたように繊細に整った鼻筋をしている。降りかかる花びらを見ながらいった。

「嫌でも明日はくるからな」

おれもなにか動画をひとつあげてもいいかもしれない。うまいグレープフルーツの見分けかたとか、ベートーヴェンのピアノソナタの実況鑑賞とかね。おれたち池袋一位と二位のイケメンは、それからしばらく黙って春の公園を見ていた。どちらともなくさよならをいった。おれが店番に、タカシがいつもの執務にもどっていったのは、それから十五分ほどたってからだ。

立教通り整形シンジケート

明日から理想の顔を手にいれられるとしたら、あんたならどうする?

ままあプチ整形でもダウンタイムはあるから、明日は無理でも腫《は》れがひくまでの三日後でいいや。生まれ変わったあんたが鏡のなかで笑ってる。欧米モデルのような幅広平行の理想的な二重がカンタンに仕あがるのだ。お代金は片方の目につき七千円で、ちょっとばかりお釣りがくる。格安だよな。

あんたが女なら、高一の頃から悩んでいたコンプレックスをすっきり解消できるだろう。アイプチやメザイクをつかって、毎日苦労してアイメイクしていた日本人的な腫れぼったい奥二重を一気に更新だ。目だけはすっかり佐々木《ささき》希《のぞみ》。

逆にあんたが男なら、ちょっと想像してみてほしい。ガールフレンドがアルバイトで稼いだ金を握り締め、どうしてもプチ整形したいといったら、そのときどうする?　彼女はネットで美容整形のクリニックについて完璧に調べあげ、決心は乾燥したドイツパンみたいに固い。なにせ、乙女の十年来の夢だからな。

日本の美容整形市場は年間二千億円。

毎年数十万人の若かったり、そうでもなかったりする女たちが、プチだったりメスやプロテーゼをつかうような本格的な整形手術を繰り返している。なかにはシリコンバッグをいれて胸をでかくしたり、グラインダーで骨を削ったりね。もう美容整形は特別なことじゃないんだ。平成女性の秘密のたしなみといってもいいだろう。

もちろんプチなら、整形もお気楽かもしれない。だが、それがやめられない習慣になり、数百万円もかかる、手術というより工事に近いような事態にまで発展するとしたら、あんたはどうする。好きな女の顔が、数十万円の手術のたびに別人になっていく。現在芸能界やAVで流行中の見知らぬ平均的ハーフ顔に近づいていくのだ。

そこで生まれてくるのは、単に顔の美醜という表面的な問題じゃない。

おれたちの顔は、ほんとうは誰のものなんだろう。自殺はいけないことだと、みんながいう。命は自分だけのものじゃないからな。だったら、顔は誰のものだろう。自分のもの？　愛する誰かのもの？　あるいは命と同じように自分のものであり、おれたちが属する社会全体のもの。極めてプライベートでありながら、社会的な共有財産で、しかも日々変動する美の基準を反映する瞬間的な確定値？　なんだか円ドルの為替《かわせ》マーケットみたいだよな。

ひとたび顔について語り始めると、議論はまず収拾がつかなくなる。それだけおれたちは自分の顔についても、他人の顔についてもわからないということだろう。まして好きな女の顔なんてわかるはずもない。

というわけで今回は女の顔の話。あとは現代美容医学の進歩と、好きな女の顔を守ろうとして、すこしおかしくなった男なんかも登場する。

まあ、おれはあんまり顔には興味ないんだ。鏡を見るのは電気剃刀《かみそり》でひげをそる朝の数十秒くらいのもの。それは異性でも変わらない。好きになった女の顔が好きなので、好きな顔をしてるから、女を好きになるということはない。

男が女を選ぶときって、みんなそんなものだろう。自分ひとりで揺るぎなく設定した理想的な美の標準にあわせて顔を改造するなんて、無駄な労力だと思うんだけどね。

自己満足には果てがないし、美人のうえにはまた別な美人がいるんだから。


梅雨明け直後って、いきなり気温が上昇するよな。夏の本番はまえぶれもなく、突然やってくる。

七月終わりのその日、池袋の空もキャンディの包み紙みたいな透明な青さで、ぱりぱりに乾いていた。気温は猛暑日を記録する三十五・六度。キーボードを打つ指先がゆっくりと溶けだして、エンターキーとシフトキーのあいだにだらだらと流れ落ちていくくらいの暑さ。

その日、おれは店番をおふくろと交代して、池袋の街にでた。Ｔシャツとひざで切り落としたジーンズ。いったいいくつまで、おれは短パンをはくのだろう。自分でもちょっと不思議だ。すね毛もいつか白くなるのだろうか。

むかった先はＰダッシュパルコのカフェだった。とくにお気にいりというわけではないけれど、パソコンをもっていき仕事をするので、個人経営のちいさな店だと肩身が狭い。

例のストリートファッション誌に連載中のコラムは、またもひどい糞《ふん》づまり。何年この仕事をしていても締切のつらさは、すこしも軽くならない。それどころか年々重くなるばかりだ。それでいて、毎回なんとか締切には間にあっているのだから、これもまた不思議。

おれが書いていたネタは、最近耳にした若い夫婦のエピソード。夫も妻も契約社員で、事務職と介護の仕事をしながら、ふたりの子を育ててる。欲しかった三人目を妊娠したが、あきらめて中絶した。どう計算しても三人分の保育園の費用はまかなえなかったからだ。年寄りにまわす金の十分の一でもこれから生まれてくる子どもたちにつかえば、すこしは少子化もましになるはずなんだけどな。

かんたんに要約すると、それくらいの内容のコラムを原稿用紙四枚書くのに、おれはいつだって朝から晩まで二日も三日もかかる。才能なし。

そろそろ夕方で、家の果物屋に帰って、おふくろと店番を交代しようとカフェをでようとしたところだった。ノートパソコンは小脇に抱えている。足は素足に革サンダル。まあ、池袋駅まえといっても、うちからほんの三分のご近所だからな。

「あの、すみません」

やわらかで、すごくいい声。おまけにちょっと色っぽい。こんな声のテレフォンアポインターがいたら、必要のない英語の教材セット（ＣＤ20枚組で十九万八千円！）だって、ほいほい契約してしまいそうだ。おれはレジの手まえで、顔をあげた。またすごい声がする。

「真島さんですか、真島誠さん？」

夏風邪でも引いているのだろうか。顔のした半分を覆う立体的なマスクをつけた若い女だった。目はすごくきれいだ。黒髪ショートのボブ。ノースリーブの淡いブルーのサマードレスを着ている。全身ぐるりと観察してから、またおおきくて幅広平行二重の目にもどった。

「そうだけど、なんの用？」

もてない男は初対面の美人に声をかけられると警戒する。キャッチか美人局《つつもたせ》かってね。おれも同じ反応をしてしまった。女はちらりと背後を振りむいた。誰か連れがいるのだろうか。さっと掃くように視線を走らせて、おれの目を見る。カラーコンタクトだろうか。ひどく明るい茶色の目。レモンを搾《しぼ》って淡くなった紅茶みたいだ。

「お仕事を頼みたくて。真島さんのおかあさんに、この場所をきいてきました。あっ、そうだ。おかあさんから、真島さんへの伝言あずかってます」

また西一番街商店会の寄りあいがあるから、夜の店番をよろしくといったところだろう。

「おふくろ、なんだって？」

「がんばれって。どういう意味なんですかね、ただがんばれって」

この数年、おふくろの最大のテーマはおれの結婚だった。トラブルを抱えた依頼人が若い女だと、すぐにちゃんとつきあえとか、結婚を考えてみろといって寄こす。なんでも窮地を助けられた女は、おれ程度の店番でも白馬の騎士に見えるのだとか。つり橋効果というやつだ。相手がぼーっとしてよくわからないうちに結婚しちまえばいいんだよ。そうしたら、こっちのもんだ。

うちのおふくろは恐ろしい女である。

おれはコラムの残りを考えた。あと六百文字と何回かの手直しだ。明日一日中苦しめば、今月の締切もなんとか越えられる。もう一度マスクの女の目を見る。顔半分を隠す白いマスクをとれば、さぞかし絶世の美人なんだろうな。梅雨明けの何週間かを、こんな美人の依頼を請けて過ごすのは悪くないかもしれない。

「わかった。とりあえず、話をきくよ」

おれは夕方でも三分の一ほどしか埋まっていないPダッシュパルコのカフェを見た。窓際のテーブルが空いている。伝票をもったままプラスチックな質感の店内にUターンした。朝からずっとコーヒーをのんでいるので、つぎはこの女の瞳のように淡いダージリンでも頼むか。

開かない窓から見える景色は、いくつもの鉄路だった。池袋駅はターミナルなので、たくさんの鉄道が通過する。ときどき山手線や埼京線や湘南新宿ラインなんかが、おもちゃのように静かに走っていく。おれはホットのレモンティ、女はアイスのミルクティを選んだ。

マスクをつけたまま女がいった。

「わたし、夏浦涼といいます」

ナツウラ・スズカ。芸名みたいな名前。

「おれのことは誰にきいたの」

いちおう依頼の筋は確かめておかなければいけない。やばいやつとからむのは嫌だからな。

「ジェフさんですけど」

「ジェフ？」

はずかしながら、おれには外国人の友達はいない。戸籍上の中国人の妹はいるけどな。スズカがはっと目を見開き、上半分だけではずかしそうな顔をした。

「あっすみません。立教通りにある美容院で、トップスタイリストをしているジェフ杉崎《すぎさき》さんです。ご存知ですか」

よく響くいい声。なんというか夜遅く、そっと鳴らす木琴の低音みたい。ずっと耳元でささやいてくれないかな。

「いや、ぜんぜんわかんないや」

立教通りなら、ここから歩いて十分ほど。考えてみると、おれには外国人だけでなく、ヘアカットやメイクアップの専門家の友達もいなかった。まったくおしゃれじゃないんだ。

「店の名前は？」

「ルウェス西池袋」

記憶にとめた。池袋のキング・安藤崇は三週間に一度値段の高い美容院にいっているから、その店の評判くらいはしっているかもしれない。

「そのジェフさんに、おれのことはなんていわれたんだ」

ちょっと間《ま》をおいて、スズカが考えこんだ。きっとジェフとかいう軽い名の男は、あまりおれのことをよくいわなかったのだろう。

「池袋の街で評判のなんでも屋さんがいる。腕は確かだけど、自分で興味をもったおもしろそうな事件しか引き受けない」

確かにそのとおりだった。タダでやるのだから、おもしろくないのは嫌だ。ペット捜しとか、浮気調査とか、人気のチケット入手とかね。

「で、あんたはなんに困ってるの」

スズカはカフェの入口あたりに不安げな視線をむけた。

「ずっとあとをつけてきている人がいて」

流行のストーカーか。マスクをしていてもこれだけ美人なのだから、おかしな男がつくのもしかたないのかもしれない。甘い果物には虫がつくものだ。

「ずっと同じ男なのか」

「はい。ちょっと待ってください」

そういうとスズカはトートバッグのポケットからスマートフォンをとりだした。映像のフォルダーから、指先でさらさらと選んで一枚を拡大する。

「この人です」

スマホはなんにでもつかえて便利だよな。この調子でスマホに入力するだけで、街のトラブルが解決できないものか。ストーカー男、池袋の街から削除、なんてね。おれのほうにむけられたディスプレイには、スズカとちょっと年上の男が映っていた。肩を寄せあうというほどの距離感ではないが、そこそこ親密そうだ。

背景はどこかの居酒屋のいれこみだった。壁には短冊がずらり。厚揚げ三百八十円、四川風水餃子四百八十円、冷やしトマト四百円。庶民的な店。

「その男が元彼とかなのかな」

スズカがマスク越しにきっぱりといった。

「いいえ、その人とおつきあいしたことはありません」

とりつくしまがないというのは、こういうトーンだよな。よほどその男が圏外だったのだろう。白いボタンダウンのシャツにチノパン。まあまあの清潔感。ちょっと太めなのは、丸い頬とベルトのうえに突きでた腹でわかった。顔はまじめそうで、そうブ男でもない。

「じゃあ、どういう関係なの」

「以前働いていた会社の同僚です。男女の関係はありません」

「だけど、つきまといをするくらいだから、そいつはスズカさんに気があったんだよね。そういう感じはうすうすわかってたのかな」

「雰囲気だけはなんとなく」

「告白されたとか、デートに誘われたとかはないんだ」

軽く軽蔑したような調子でスズカはいう。

「その人にそんな勇気はないんじゃないですか」

なんだか恋愛相談みたいになってきた。ストリートのトラブルだけでなく、恋の難題も解決するトラブルシューター。おれとしては、そっちのほうが得意かもしれない。そうでもないか。

「今は別々な職場にいるんだ？」

「ええ、わたしは派遣社員で、事務職をしています」

スズカがミルクティをひと口のんだ。ストローの先をたくみにマスクのしたにとおしてね。絶対にマスクはとらないのだろうか。だんだん疑問が湧いてくる。

「夏のインフルエンザにでもかかってるの？」

きれいな幅広平行の二重の目が冷たく笑った。瞳はやけに真剣。

「いえ、マスクはわたしの制服みたいなものなので、いつでもつけているんです」

「今日みたいな猛暑日でも」

今度はすこし余裕ができたようだった。目が細くなって、ほんとうに笑ったのだとわかる。

「ええ、人さまを不愉快な目にあわせたら、もうしわけないですから」

マスクをとると、人が不愉快になる？　これだけの目元美人が。わけがわからない。


とりあえずスマホを抜いて、スズカとアドレスを交換した。ついでにさっきのツーショット写真を送信してもらい、ストーカー男の名前を教えてもらう。園田《そのだ》浩平《こうへい》三十一歳。今は介護職の契約社員で、北区の滝野川で働いているという。

「園田がストーカーになったきっかけとか、あるのかな。スズカさんに新しいボーイフレンドができたとか、街で偶然再会したとか」

「うーん、それは……」

しばらく時間をおいた。目を見る。カラコンをいれた透明な茶色の瞳が光を失っている。なぜか人はなにかを隠すときには、目の色が暗く変わるんだ。おれは別に刑事ではないけれど、街の底でそれぞれ問題を抱えたたくさんの人間を見てきたから、それくらいはわかる。嘘の匂いは目からこぼれる。どんな美人でも、そいつは変わらない。

スズカはスイッチをいれ直したように語り始めた。

「まえの会社に共通の知人がいて、その子がわたしの近況を話したみたいで、それからつきまといが始まりました」

ストーキングの核心の一部がそこにある気がした。普通の色恋がらみのストーカーなら、ここはスズカに新しいボーイフレンドができたといったあたりなんだが。

「その友達がなにをいったのか、わからないか」

また目から光が消える。夜の暗い鏡みたいになにも映さなくなるのだ。

「わかりません」

おれにもこの依頼人がよくわからなかった。スズカにはなにか強いこだわりがある。絶対にはずさないマスクとか、完璧に整えたアイメイクとか。美人なのに、すべてに必死なんだ。

自分のことは棚にあげて、ふとおれは思った。

スズカには今、男はいない。恋をしている感じもない。すごくきれいな女なのに、決してマスクをとらずに、ひとりぼっちなのだ。

なんだか少子化ニッポンのサンプルケースみたいな美女。


おれはレモンティでのどを潤《うるお》した。えらそうなことをいうようだが、スズカに足りないのはひと瓶二万円の高級化粧水じゃないが、潤い感かもしれない。隙《すき》というか、ゆとりというか、男がつけこめる少々のスペースというか。なんにしても緊張しすぎたり、カチカチに硬直していると、人は寄ってこないものだ。

「あの……真島さん」

ビューラーで丸くあげているのだろう。まつげがものすごく長くて、きれいに反っていた。マッチ棒が半ダースのりそう。この女の上目づかいは危険だ。

「マコトでいいよ」

いっておくが二枚目風には絶対にいってないからな。腐女子むけの恋愛シミュレーションの声優みたいな声が、おれは大嫌い。

「わかりました。マコトさん、ほんとにお金はお支払いしなくて、いいんですか」

よほど金に困っているのだろうか。おれは揺さぶりをかけてみることにした。この女はなにかを隠しているし、マスクをかけるようにそいつを一生隠し続けられると思っている。

「まあ、そいつはときと場合によるんだけど」

さっとスズカの顔色が変わった。

「困ったなあ。わたしはこの夏、まとまったお金が必要なので、あまり余裕がないんです」

長いまつげが伏し目がちになる。女のまつげと男のまつげは、化学組成なら分子ひとつも違わないはずなのに、どうしてこんなに違うのだろう。

「ていうのは嘘。ジェフくんのいうとおり、おれはこの街のガキからは金を受けとったことはないよ。みんなぜんぜんもってないからな」

それにつけ加えるなら、おれはみんながいうように金が大切なものだとは思っていないのだ。もっと大事なものはほかにいくらでもある。あんただって、すぐに四つか五つくらい、金より大事なものをあげられるよな。それが生きてるってこと。


おれは自分のスマホで居酒屋の写真を見ながらいった。

「この園田ってやつ、急に暴力的になったりしないかな。ミリタリーマニアで、コンバットナイフ集めが趣味とかさ」

いちおう粗暴なやつかどうかは確かめておきたい。今はほんとに外見からじゃわからないからな。おとなしそうな顔して、切れたら果てがないなんてガキは池袋にもよくいる。狂犬チワワ。

「よくわかりませんけど、プライベートでもおとなしいみたい。草食系なんだと思います。今まで一度も女の人とつきあったことがないって噂でしたから」

思いこみの強い草食男子か。絶対にマスクをはずさない美人と同じくらいやっかいかもしれない。でも、おとなしいガキなら、話はカンタン。スズカをおとりに誘いだし、Gボーイズ数人の手を借りて、徹底的に脅しをかければ、よほどの間抜けじゃない限り、二度とスズカには近づかないだろう。こっちにはやつの職場や住所も割れているんだから。今回は原稿用紙四枚を仕あげるより、ずっと楽な仕事になりそうだった。


スズカがスマホの時計を確認した。時刻は五時すこしまえ。

「すみません。このあと、人と会う約束があるので、失礼してもいいですか」

マスクをしていても美人は美人なので、おれはがっかり感がでないように爽やかにいった。

「おれも、うちの店の仕事があるから、そこまでいっしょにいくよ」

紅茶は当然割り勘。エスカレーターをくだり、東口と西口を結ぶ線路のしたの地下道をぶらぶらと歩く。ウイロードではいつものようにギターケースを賽銭《さいせん》箱代わりに開いた下手くそなストリートミュージシャンが、恐ろしく稚拙《ちせつ》な歌詞の恋の歌をうたっている。狭い地下道の壁に反射して、音がやけにでかくきこえるのだ。いい迷惑。

「だいたいは店にいるから、なにかあったら顔だしてくれ。スズカさんはどこで待ちあわせ？」

目元に笑みをうかべてマスク女がいった。

「西口の交番まえです。あっ、そうだ。相手はジェフさんなんですけど、ちょっと紹介しましょうか。マコトさんのことを教えてくれた人ですし」

立教通りの美容院のトップスタイリストか。顔見しりになっておいても損はないかもしれない。おれの髪型ときたら、もう十年くらい変わってないからな。


東口と西口を結ぶ長いトンネルを抜けると、そこは熱帯だった。池袋の街の底が白くなった。午後五時というと、この季節は正午と変わらない熱気だ。最高気温を記録した街がさらに西日にさらされて、西口ロータリーが砂漠の蜃気楼《しんきろう》のようにかすんで見える。

交番のまえの日陰に立っていたのは、妙にひょろりと背の高い男。シャツはピンクのサテン素材で、やけにてかてかしている。サイズはふたつくらいちいさいんじゃないだろうか。ぴちぴちで、裾はつんつるてん。トップスタイリストはシャツのボタンをうえからみっつ開けて、胸元を見せつけている。

ジェフ杉崎はおれに気づくと、険しい表情になった。マスク姫の声が明るくなる。

「ジェフさん、お待たせしました。こちらがご紹介いただいた真島マコトさんです」

ジェフの顔が即座に更新された。満面の笑み。

「あーら、あなたがあの有名なトラブルシューターさんなのね。わたしのGボーイズのお友達がいってたわ。この街で一番頭が切れて、とっても素敵な兄貴だって」

おれはノーマルな男女にはあまりほめられないが、ものがわかった普通じゃないやつには評判がいい。今はきっと普通が変で、変が普通の時代なのだろう。

「ありがと。いつかおれの髪を切ってもらっていいかな。店は立教通りなんだよね」

「そうよ。いつでもいらっしゃい。初回はただにしてあげる。わたしとしては殿方《とのがた》はあんまりヘアスタイルなんかに気をつかわないくらいのほうが、好みなんだけどなあ」

おれにむかってウインクした。さすがのおれも初対面のゲイにウインクは返せない。話を変える。

「トップスタイリストなんだよね。今はお店のほういいのか」

胸を開いたてのひらで押さえて、にっと笑った。

「うん、今はだいじょうぶ。わたしは髪を切るだけじゃなく、女の子の美を総合的にプロデュースしているの。この人の相談にものっているのよ。ねっ、スズカ」

なぜあっちの世界の人間は女性のファッションだとかメイクアップなんかに、あれほど詳しいのだろうか。そのとき、東武デパートの出口のあたりから声がかかった。甘ったるい女の声だ。


「ジェフさーん、ぐうぜーん」

黒いキャスケットをかぶった小柄な女だった。ジェフの背中をべたべたとさわっている。脚のつけ根と恥骨をなんとか隠すくらいの恐ろしく短いホットパンツ。サスペンダーと虹色のプリントのTシャツ。素足には革ひもをふくらはぎに巻きつけるグラディエーターサンダル。おれはこのタイプは背の低いO脚の女ははかないほうがいいと思うんだが。

ジェフが露骨に嫌な顔をした。

女の太ももに注目していたおれは、女の顔を見て驚愕《きょうがく》した。マナー上、なんとか顔に驚きをださないように全力で努力する。

「この子がー今度のクライアントー?」

どんな単語にでも音引きをいれる女。だが、驚愕の素はホットパンツ女の顔の中心にある。鼻って普通は顔の中央に棒のように鼻梁がとおっているよな。ある程度の太さのある柱みたいに。だが、その女の鼻は鼻梁《びりょう》が南アルプス連峰の頂《いただき》みたいに薄くとがっているんだ。カミソリみたいに削げ落ちた鼻筋。度重なる美容整形で、中央部を残しほとんど鼻の骨を削ってしまったのだろう。

「あーら、スーザン、今日もお鼻の調子よさげじゃなーい」

とてもまともな神経とは思えない。おれたちの横をとおりすぎる母子連れの子どものほうが、鼻削ぎ女の顔を指さした。母親はあわてて子どもの手を引き、足早にロータリーに消えていく。

「じゃあ、マコトさん。わたしたちはこれからミーティングがあるから失礼するわね」

ジェフ杉崎がスズカの二の腕をつかんでそういった。おれもそろそろ店番をしなければいけない時間だ。

「わかった。おれも本業にもどるよ」

そういいながら、ホットパンツ女には相当な違和感を覚えていた。もちろん紙のように薄い鼻のせいもあるが、どこか精神的なアンバランスを冷気のように白く発しているのだ。おれは違和感を殺し、スズカに片手をあげた。

「じゃあ、なにかあったら……」

スズカがおれの背後をにらんで叫んだ。右手で指さす。

「あっ、あの人！」


おれは年俸一千二百万ドルのＮＢＡプレーヤー並みの素早さで反転した。東武デパート一階の角にある花屋のまえに、ストーカー男・園田が立っていた。背景のガラスケースには夏の花がカラフルに満開。男はこちらを見ている。

「あいつか」

背中越しにスズカに最終確認した。

「ええ、園田さん」

おれが全速力で駆けだすのと、園田がこちらに背中をむけるのは、ほぼ同時。おれは風を切って走った。ストーカー男は小太りの割に足が速い。園田は夕方の人ごみで混雑する地下トンネルを通過して、池袋駅北口の線路沿いに駆けていく。

線路を渡る陸橋の名は池袋大橋。そこまで三、四百メートルはあるだろうか。夕日を浴びたアスファルトのうえは、サウナのなかでも駆けるようだ。差はなかなか縮まらない。百メートルはある長い坂をのぼり、大橋にかかった。遥か先に区の清掃工場の抽象彫刻のような煙突が夕日を浴びてそびえている。

「待てー！」

おれは叫んだが、園田の足はとまらなかった。陸橋の先を白いシャツの背中を帆のようにふくらませて駆けていく。敵ながら天晴《あつぱれ》な逃げ足だった。運動不足のおれは池袋大橋の真んなかであきらめて、両手をひざについた。息はウエイトリフティングで十トンばかりあげた喘息《ぜんそく》患者のように荒い。

こんなところをスズカに見られなくてよかった。おれは陸橋のうえを抜ける夏の夕風で汗を冷やすと、とぼとぼと西一番街に帰った。決定的な運動不足だ。この夏は早朝ウォーキングから始めてみようかな。

自分自身に冗談をいいながら、なぜかおれの頭を離れなかったのは、スズカの決してとることのない三次元マスクと折り紙の鶴の翼のように薄くとがったホットパンツ女の鼻だった。なぜ、人がつくりだす美しさはいつもいきすぎるんだろう。

「ねえ、あの子どうだった？」

西一番街の店にもどるとおふくろが好奇心を露骨に示し、声をかけてくる。当然おれは無視した。

「けっこうな別嬪《べっぴん》さんだったじゃないか」

新クライアントのマスク女、夏浦涼。三次元立体マスクをはずさないが、確かに美人だ。だけどベッピンはないよな。今ではめったにきかない単語。昔、そんなアイドル雑誌があったような。

おれは店用のエプロンを締めていった。

「うるさいな。女と見ると誰でも、くっつけようとすんな」

「そうでもしなけりゃ、あんたはいつまでたっても独り身だろ。もてない息子に世話を焼いてなにが悪い」

敵は開き直った。もてないは許せない。

「孫の顔が見たいからって、人を種馬あつかいすんな」

そういえば『孫の力』っていう雑誌もあったよな。『かわいい孫』だったっけ。おふくろはおれの子どもの顔を見ると長生きするのだろうか。おふくろはうちの親父が若くして死んでから、ずっとひとりでおれを育ててくれたのだ。人生終盤の登り坂に、孫の力があるのも悪くないのかもしれない。そんなことを考えると、ちょっと切なくなった。

おれは店の横の階段でうえにあがり、自分の四畳半でＣＤを探した。自慢じゃないが、クラシックの名曲はほぼすべて揃っているんだ。最近は激安価格のボックスセットがいろんなレーベルから登場してる。五十枚入りで七千円とかね。

おれはそういうのを集め、バロックから現代音楽までのライブラリーをつくったというわけ。見つけだした一枚は、ハチャトリアンの「組曲　仮面舞踏会」。立体マスクで顔を隠すスズカにぴったりだと思った。実際、店でかけてみると優雅な舞踏会の雰囲気が、あの美人にはあっている。ワルツ、ノクターン、マズルカ、ロマンス、ギャロップの全五曲。おれはマズルカなんか好きだな。

店先にもどり、冷蔵庫のなかで冷やしておいた千葉八街《やちまた》スイカをとりだし、菜切り包丁で割っていく。そろそろ賞味期限なのだ。二十四分の一に切り、皮を落とした身に割りばしを刺していく。これで一本百五十円。ちょっと手をかけるだけで、元の倍の値段で売れる。さて、今夜の晩飯代でも稼ぐか。空は夕日を燃え残して明るいが、池袋の路地はすっかり暗くなっている。

おれはワルツのリズムをとりながら、ＣＤについていたライナーノートに目をとおした。「仮面舞踏会」の元になったのはレールモントフの戯曲で、帝政末期のロシア、賭博師《とばくし》が美貌の妻の不倫疑惑に嫉妬して、毒いりアイスクリームで殺害してしまうという残酷なお話。

嫉妬にかられたストーカーとマスクをつけた美人を、どうしても思いだしてしまう。

いくら東京が猛暑日続きだといっても、まさかアイスクリームでスズカを殺そうとは思わないだろうが。おれの背中はすこしだけ涼しくなった。

その夜、おれはスマホで電話をかけた。池袋のガキの王・タカシとはラインもやっているのだが、急ぎのときはめんどくさい。いつものように最初にでたのは、とりつぎ。個人用の電話に秘書がつくってどんだけ大企業なんだ、Ｇボーイズ。

「暑いな、ほんと」

おれが季節の挨拶を送ると、やつはブリザードのような声で返してくる。

「そんなことをいうために、おれの貴重な時間をつかうのか、マコト」

嫌味なやつ。おれは方向を変えることにした。

「おまえがいってる美容院って、カット代いくら」

あっけにとられたようで、めずらしく一拍の間が空く。やつの反射神経は打撃戦でも、会話でも世界チャンピオン級だ。

「忘れたが、八千円とかじゃないか。それがどうした。おれにそんなことをきくやつは、おまえが初めてだ」

おれのカットは駅前の格安チェーンの理髪店。十五分で千円だ。髪の毛にまで格差社会がある。さすが二十一世紀。

「ルウェス西池袋って、美容院しってる？」

「しらない。髪はいつも代官山で切ってる」

おしゃれな街なんだろうな。いったことないけど。

「じゃあ、ジェフ杉崎っていう美容師もしらないよな」

「しらない。新しいトラブルか」

タカシには隠してもしかたない。荒事が起こりそうなときは、いつも力を借りているのだ。今回もあのストーカー男に、必要になるかもしれなかった。

「ああ、そうだ。もうすこし事態がわかったら、おまえに連絡するよ」

「そうか、じゃあマコトは池袋4D美容外科ってしらないか」

4D美容外科？　その名前なら、テレビのCFできいたことがあった。あんたもわかるよな。自分たちを美容整形とアンチエイジング療法の実験台にしている年齢不詳の中年夫婦が院長をしているところだ。リムジンからおりてタキシードとソワレでプライベートジェットに乗りこむ仮面をかぶったようなカップル。なぜか、整形って顔から表情が消えて、お面みたいに硬くてぎこちなくなるよな。

おれはCFのテーマを口ずさんでやった。どんぴしゃの『仮面舞踏会』。ワルツだ。

「そいつだ。あの病院がいくつかトラブルを起こしている」

「へえ。どんなトラブル」

驚いた。だがGボーイズは金がないこの街の底辺の駆けこみ寺のような組織でもある。おれのところと同じで、ガキのさまざまなトラブルがもちこまれるのだ。

「度重なる手術と高額な施術代金、それに当然、術後の顔面トラブルだな。苦情が何件か寄せられている。キャッチコピーに偽りありだ」

しらなかった。おれは女たちのトラブルは苦手。

「そうかぜんぜん4Dじゃなかったんだ」

3Dは誰でもわかるが、最後の4つ目のDは時間軸のこと。四次元の美容整形というのは、整形手術後も永久に満足を保証するという怪しいもの。メンテナンスもふくめてね。

「おれのところも整形関係のトラブルくさいんだ。今日の午後、薄気味悪い鼻を見たよ」

タカシが王らしくない間抜けな返事をする。痛快。

「鼻?」

おれはスズカと立教通りのトップスタイリスト・ジェフ杉崎、それに整形マニアの女の話をしてやった。小太りの癖に意外なほど足の速いストーカーについても。黙って話をきいているタカシの空気がどんどん冷えこんでいく。マグロの冷凍倉庫みたい。

「女たちをくいものにするやつらが池袋ではびこっているらしいな。わかった、ルウェス西池袋とジェフ杉崎だな。そのゲイがGボーイズに友達がいるといっていたのは確かだろうな」

「ああ、おれのことを誰かが紹介したらしい」

「わかった。調べてみる。おまえもなにかわかったら報告しろ」

おれは別にタカシの部下ではない。もちろんGボーイズでもない。

「タカシもちゃんと報告しろよ。久々の共同戦線なんだからな」

最近のこの街は平和なもの。池袋のキングが苦笑した。

「おれにそういう口をたたくやつは、おまえが最後になったな。まあ、いい。おれも報告する。じゃあな」

通話はいきなり切れた。せっかく夏休みが近いのだから、どこかの花火大会にでも誘おうかと思ったのだが、せっかちな王さま。

とはいえ、おれはストーカー男の件を片づければ、この事件は終了だとカンタンに考えていた。スズカから園田浩平の住所はきいている。翌日の朝七時、駐車場からダットサンのピックアップトラックをだした。店を開くまえに、ちゃっちゃっとやつに脅しをかけようと思ったのだ。

大山東町はとなりの板橋区。ぐっと庶民的な商店街の街だ。サンロードにはいって三本目の路地を山手通り方面に曲がると目的地だと、旧型のカーナビが教えてくれた。そこにあったのは築三十年は余裕のアパート。錆びた外階段がついた二階建て。

その時間でも気温はもう三十度を超えていた。なにせ連続猛暑日記録を更新中らしい。ぎしぎしと音を立て、鉄の階段をのぼる。２０６号室は一番奥から二つめだ。ネームプレートにはローマ字で、ＳＯＮＯＤＡ。几《き》帳面《ちょうめん》な手書き。おれはインターホンを押した。三十秒待って、もう一度押した。返事はない。窓は閉め切りで、エアコンの室外機は動いていない。この時間に留守にしているのか。おれのなかで疑問がふくらんでくる。

薄っぺらな合板の扉に耳を寄せた。内部から音はしない。人の気配もない。おれはダットサンに戻り、スズカに電話をかけた。

「おはようございます」

朝イチできくにも、いい声だ。額の汗をぬぐいながらいう。

「園田のアパートにいる。部屋には誰もいないみたいだ。あいつは夜勤とかあるのかな」

「よくわかりませんけど、ないと思います」

フロントウインドウ越しにアパートを見あげる。

「ふーん、そうか。そっちのスケジュールをしりたいんだけど」

「わたしは土曜日まで仕事です。お休みは日曜と火曜」

「オフィスはどこ？」

「今の派遣先は東池袋の専門学校。声優とアニメと音楽の」

若者の夢をくいものにするスクールか。だけど、社会人になれば好きでもない仕事を一生やるんだから、学生時代くらい好きなことをしたいってガキの気もちはよくわかる。

その場でもう一時間ばかりねばったが、園田の部屋には人の動きがなかった。ストーカーが自分の住み家を捨てたとなると、かなり面倒なことになりそうだ。


ダットサンを転がし、東池袋にむかった。東京声優&アーティスト専門学校は、川越街道沿いにある高層ビルの八階から最上階の十五階まで借り切っていた。モダンな全面ガラス張り。近くにあるヴィクトリアに負けないおおきさだから、かなり繁盛しているのだろう。おれはそうでもないけど、今のガキはほんとアニメ好きだよな。

専門学校のまえは広場になっていて、コーヒーショップがありテーブルが並んでいる。こんなところで友達と待ちあわせて、声優の勉強をしにいくのか。ちょっと夢みたいな学園生活。まあ卒業後の進路にあまり期待はできないが。

スズカの仕事は十時六時の八時間勤務。この店は園田がスズカの出待ちをするには、ベストの場所だった。おれはダットサンをおりて、周囲を見まわした。川越街道のむかいにファミレスとカフェが一店ずつ。こちら側にコンビニが一軒。最近のコンビニはイートインのコーナーがあるから、張りこみにも待ち伏せにもつかえる。いちおうチェックはしたが、最有力はやはり広場のコーヒーショップだった。

あらためて、コンピュータをつかい設計した複雑な多面体構成のガラスのビルを見あげた。ここの賃貸料は決して安くはないだろう。アニメはよくわからないが、音楽業界ならおれもすこしはしっている。クラシック、ロック、ポップスを問わず音楽で生きていくのはますますたいへんになってきた。音楽を制作する側の仕事はやせ細っているのだ。そのなかで唯一盛んなビジネスが音楽学校だという。プロになることが決してないアマチュアを大量生産しているのに、肝心の音楽はちっともきかれない。

なんだか救われない話。

やはり猛暑日になったその日の昼ごろ、店番をしているとスマホが震えた。

うちの果物屋は奥にはエアコンの冷たい風があたるが、ガラスの仕切りなどないから店先にでると三十五度を楽に超えることになる。冷気のあたる一番いい場所はおふくろ専用なので、しかたなく歩道にでた。地面の照り返しにあぶられて、たぶん気温は四十二、三度。池袋西一番街はこの夏、地獄だ。

おれは思い切りのんびりといった。相手はキング・タカシだ。

「もーしもーし」

「また阿呆《あほう》の真似か。おまえの場合、必要ないぞ」

きっとキンキンに冷房が効いた室内にいるのだろう。いつものように台湾のかき氷みたいに冷たくてクリーミーな王さまの声。

「もうしーわけーありませんでーす」

タカシはおれの冗談の相手をしてくれない。工業高校のころから何度も死線をくぐってきたのに、友達に冷たい男だ。

「間抜け。いいか、ルウェス西池袋とジェフ杉崎について、いくつかわかったことがある」

おれは背筋を伸ばしてしゃんとした。

「さすがに仕事が早いな」

「まずやつはほんもののゲイじゃない。商売オカマってやつだな」

驚いた。美容業界にはゲイも多いが、ビジネスゲイも多い。そのほうが女性客に近づきやすいからな。なぜか日本の女は異常なほどゲイが好きだ。法的に同性婚は認めない癖に、世界で一番ゲイが出演するテレビ番組が多い不思議の国ニッポン。

「そいつは衝撃だな」

「で、やつは店では副店長格でトップスタイリストをしている。腕はなかなかのものらしい。店にきた客のなかから、容姿にコンプレックスをもっている女に目をつける。最初は無料でなにくれとなく面倒をみてやるらしい」

　ジェフ杉崎は、ヘアアレンジや髪質にあったシャンプーやトリートメント選び、最新のメイクアップ技術などを、問題を抱えた女たちに教えてやるそうだ。親密になったところで、究極の美容法を耳打ちする。とりあえず、幅広平行のふたえまぶたなら、片方七千円でできるのよ。みんなやってるし、ほかにもいくつかいい方法があるの。

　おれは汗をだらだらと流しながら、タカシにいった。

「よくそんなに調べがついたな」

「Gガールズのなかにも、やつのお友達がいたのさ。その女は目をいじりすぎて、リアルETみたいになってる。やつが紹介する先は……」

　キングはクイズをだすように途中でいいやめた。チャンス問題もいいところ。

「あのアンチエイジング夫婦がやってる池袋4D美容外科ってわけか」

「そうだ。4Dはキックバックをわたすらしい。ジェフは自分の容姿にコンプレックスをもつ女たちをたきつけて、どんどん高額整形を繰り返させる。集団訴訟の噂がある」

　ここにも救われない話。だが、別に違法というわけでもないのだろう。二十一世紀世界に満ちあふれる間抜けがだまされて最後の一円までむしられるコメディの一幕。

「女たちは金をどう工面《くめん》するんだ」

「ジェフはあれでくえない男だ。風俗スカウトにつてがある。どこかの街のデートクラブか、AV女優の事務所につなげておしまいだ。美容整形できれいになった若い女は、頭の悪い若い男と違って金になる」

そういうことか。ようやく全体像が見えてきた。そこまでふくめてが、ジェフ杉崎がいうトータルビューティアドバイザーなのだろう。あのビジネスゲイにまとわりついていた紙のように鼻筋が薄い女がなにをしたのかも納得した。あそこまでいくと他人からは完全に美容整形依存症だが、当人は自分の鼻に大満足なのだろう。四、五回は骨を削る手術を繰り返さなきゃ、あんな綱渡りのロープみたいな鼻はつくれない。

「マコト、おまえのほうはどうなってる?」

「ぜんぜんすすんでない。ストーカー男は自分の部屋に帰ってないみたいだ。居場所がわからないとなると、少々やっかいだな」

タカシがため息をついた。南極の氷の平原に吹く夏風みたいにクール。

「確かに面倒なことになりそうだな。おまえはストーカーとジェフ杉崎、両方に注意しなければならない。クライアントを園田に襲撃させるわけにはいかないし、商売オカマに整形依存にさせるわけにもいかない。もっとも依存には自分から望んでなるからな。その先はおまえの仕事とは別なんだろうが」

そのとき、ようやくおれがやるべき仕事がわかった。

まずスズカに三次元立体マスクをとらせること。

昼休み、おれは声優&アーティスト専門学校に足を運んだ。日のあたるテラス席しか空いていなかったが、直射日光のなか座る。こういうときのアイス・ラテって、ほんとにうまいよな。

休み時間になるとテラス席は学生でいっぱいになった。たまにあざやかな緑やピンクの髪をしたリアル初音《はつね》ミクみたいな男女がいるが、ほかは地味で普通の若者ばかり。スズカがやってきたのは十分すぎ。

「お昼たべながらでいいですか」

「ああ、いいよ」

広げたランチボックスのなかには、ままごとサイズのおにぎりがふたつとゆで卵が半分はいったサラダ。カロリーはたぶんウサギ二羽分の基礎代謝くらいか。スズカはまたも器用に三次元マスクをつけたまま、ていねいに食事を片づけていく。

おれは面倒なので、コーヒーショップで売っているサンドイッチにした。ライ麦パンのラタトゥイユサンド。ちっとも腹にたまらない。

「園田は自分の部屋に帰ってないみたいだ。これから朝晩やつの部屋にいって確かめてみるけど、すでに何日か留守にしている可能性がある」

閉め切ったアパートの気配を思いだした。なぜか人が寄りつかなくなった部屋って、外からでも死んだ雰囲気がわかるよな。

「そうですか」

ストローでお茶をのみながら、スズカはいう。

「おれとしては、やつがいきなりあんたのことを襲う可能性もあるから、しばらく職場と自宅のいき帰りくらいはガードをつけたいな」

「マコトさんがですか」

「いや、おれとおれの友達の部下」

池袋のギャングボーイズなんていったら、断られる可能性があるからな。スズカの目が一瞬迷いに揺れる。

「ですけど、わたしが襲われるっていうことはないと思うんです」

おれは何件かストーカー対策をしたことがある。危ないやつはとことん危ない。それがストーカーだ。鳩を解体して、ドアに目玉やくちばしを張りつけていったやつもいた。

「どうして」

スズカは口ごもった。マスクをずらして、プチトマトの四分のひと切れをたべる。

「あの人は暴力的なことはしない人だと思います。わたしが警察でなくマコトさんに頼むことにしたのも、園田さんがかわいそうな人だからで」

かわいそうなストーカー？　気になる言葉だった。とくにつきまといをされている当の本人からだとね。

「やつとはほんとにつきあったことないんだよな」

「はい。でも同じ職場で一年半くらい働きましたから、すごく不器用な人だというのはわかります。園田さんは人にノーといえない気が弱い人で、いつもたいへんな仕事ばかり押しつけられていました。そこは経費削減のために残業禁止のオフィスだったんですけど、正社員の上司から明日までに頼むって、資料作成とかレポートの整理とかやらされて」

「時間外に」

「ええ、仕事を自宅にもち帰って、ときには徹夜で仕あげていたみたいです」

気が弱くてノーといえない三十一歳の派遣社員か。

「でもさ、そういう生真面目な男がバカみたいに執着心が強くて、気にいった女をつけまわすなんてよくある話だよな」

初心《うぶ》な男ほどその傾向がある。落としものを拾ってくれた。コンビニでひと言たまたま言葉を交わした。とおりすがりに笑顔で目があった。その程度でストーカーになる純情男はいくらもいる。草食男子の時代は思いこみと執着の時代でもある。

「そうですかね。あの人なりにわたしのことを心配してくれているとはわかるんですけど。でも、自分で決めたことだから」

やはりスズカの仮面を脱がせる必要がある。おれはゆっくりと切りだした。


「集団訴訟の準備がすすんでいるらしい。池袋の４Ｄ整形だ」

スズカのきれいな目が見開かれた。なんだか驚きの表情をつくる女優みたい。おれはさしてうまくないライ麦パンのサンドイッチをかじっていう。

「もっとも美容整形の業界じゃ、そんなのめずらしくはないよな」

目の色が変わった。防御色というか、内面を読ませないようにシャッターがおりる。

「あんたのトータルビューティアドバイザーについても、この街じゃ悪い噂があるみたいだ。紹介されたのは４Ｄのクリニックだよな」

長い間があく。

「……そうですけど」

「お願いがひとつあるんだけど、いいかな」

「マコトさんにはお世話になってますし、いいですけど」

おれは学生で埋まった東池袋のテラス席に視線を走らせた。いちおう園田の不在を確認する。切りつけるようにではなく、岸からそっと小舟を放すようにいった。

「そのマスクを一度とってみてくれないか」


はあああ……。今度は長いながいため息。

スズカは視線をふせたままだ。まつ毛にはエクステをしているのだろうか。ばさばさとまばたきをするたびに涼しい風を送れそう。

「やっぱり最後はそうなるんですね。みんな、わたしの顔のした半分がどうなっているのか、気になってしかたないんだなあ。あーあ」

そんなんじゃないといおうとした。おれはスズカとつきあいたいわけでもないし、女の顔になんてさして興味もない。けれどスズカはひとりで納得したようだ。

「わかりました。一度だけですよ」

伏し目のままゆっくりと三次元立体マスクのゴムに手をかける。片方をはずし、マスクを反対側の耳にぶらさげた。顔をあげ、正面からおれの目をのぞきこんだ。

「ねえ、マコトさん、わたしの顔ヘンでしょう？」

おれはひと言も返事ができなかった。変なのは顔ではなくて、スズカの目の色だったからだ。底がしれないほど深く澄んで、はいりこんだ光をすべて吸収してしまうブラックホールのような女の哀しい目。

スズカは三十五度を超える猛暑のなか、また三次元立体マスクをはめた。

おれのクライアントが素顔をさらしていた時間は、結局のところせいぜい五秒間くらいのもの。記憶をもとに再現すると、スズカの顎はややエラが張り気味で、すこし長かった。右側にちょっと歪《ゆが》んでいたような気もする。

けれど、それはせいぜい個性の範囲内で、骨形成上の病気や遺伝の異常を感じさせるようなものではなかった。マスクをとったスズカも文句なしに美人だし、この街を歩いていれば芸能だか水商売だかＡＶだかのスカウトに嫌になるほど声をかけられるだろう。

「ヘンって、どういう意味なんだ。わかんないよ」

うっすらと涙を張った目で、スズカが笑った。いや、目元にやさしいしわが刻まれて、笑ったのだとわかった。自嘲《じちょう》の笑みだ。

「わたしは子どものころから、ずっとあごっていうあだ名だった。どうしてみんなみたいに普通の形をしていないのか、不思議でしかたなかった。マスクなんてしないで、普通に人まえで食事ができたり、笑える人はいいなあ。なぜ、こんな顔に生まれてしまったのかな。おとうさんもおかあさんも普通の顔なのに、わたしだけ変だなんて、きっと拾われた子に違いない。小学生のころから心のなかで、そう思っていた」

目の色が次第に深くなる。スズカが自分のなかに潜《もぐ》っていくのを、なんとかしてとめなければならない。もどってこられなくなる深さが人の心にはある。

「ちょっと待って。あんたの顔、ぜんぜん変じゃないよ。誰が見たって美人だろ」

また目元が淋しげに笑った。

「マコトさんって、園田さんに似てますね。同じ反応をした。園田さんいってました。夜も昼も一生マスクをつけてていいから、つきあってくれないかって。馬鹿みたいですよね。マスクフェチなのかな」

「そんなはずないだろ。あんたが好きだったから、そういったに決まってる」

いつのまにかストーカー男の弁護をしていた。なんだかわけのわからない流れ。

「おれはスズカさんは本気できれいだと思うよ。気にしてる顎だって、問題なんかないだろ。マスクする必要なんて、ぜんぜんないよ」

ぎらりと目の奥でなにかが光った。逆鱗《げきりん》。

「どんなにほめられても、なぐさめられても、コンプレックスはコンプレックスなんです。わたしの顔について話をするのは、今後一切やめてもらえませんか。自分から頼んでおいて生意気ですけど、この先続けられなくなる」

おれもため息をつきたくなった。だが、このマスク美人を放っておくわけにもいかない。この街には心に穴が開いた人間ばかり専門でカモにする業者がいろいろといるんだ。

おれは腕のＧショックを確認した。昼休みは残り二十分。いつまでも解決不能のコンプレックスにばかりかまってはいられない。そっちのほうはトラブルシューターより、カウンセラーのほうが役に立ちそうだ。

別な切り口から攻めてみることにした。

「ジェフはなんていってた？」

安心の目。さすがに商売オカマで、女心をつかむのがうまい。

「顎が長いですって。右側にすこし歪んでいる。えらも削ったほうがいい。すこししゃくれ気味かしら。そんなふうに。一生うじうじと悩むより、さっさと美容整形して、自信をとりもどさなくちゃ。そうじゃないと、その顎のせいでいつまでたっても自分の人生のスタート切れないじゃないの。そういってくれました」

文句なしの商売人。コンプレックスの全面肯定か。もてる男のやり口だ。

「そのための費用は、いくらかきいたかな」

「これくらいの整形だと、手術も三回くらい必要になる。全部で二百万から三百万弱くらいだろう。顎の先端を削り、左右のえらを削り、顎関節《がくかんせつ》を奥に押しこんで、しゃくれを直す。そういう話でした」

ジェフ杉崎にはコンプレックスを抱えたたくさんのお得意さんがいて、不必要な整形を重ねさせ、池袋４Ｄ美容外科から多額のキックバックを受けとっている。おれがそんな話をしても、まったく無駄になりそうだ。


　美容整形へのスズカの固い決心は揺らぎそうになかった。ならば、すこしでもジェフ杉崎の動きを牽制したい。おれは誘導尋問のように遠くから網をしぼっていく。

「園田は昔の同僚から、あんたの美容整形話をきいた。それをとめさせようとして、何度かあんたと話をすることになった。それで間違いないか」

「ええ、まあ、そんな感じです」

「やつはジェフのこともしっている？」

「はい。話をしましたし、しつこかったので一度会わせればわかってもらえると思って、ジェフさんを紹介したこともあります」

「そうだったのか」

　初耳だ。マスクをはずしてから、なぜか急にスズカは饒舌《じょうぜつ》になっている。秘密を共有したからかな。おれはすこしだけ貧乏なことくらいしかコンプレックスはないから、よくわからなかった。その貧乏もこの街で暮らしてるその他大勢と同じくらいだから、たいしたことはない。

「園田さんはそのとき人として信じられないことをいいました。初対面の相手に詐欺師とか、わたしをだましているとか、ゲイでもないのにゲイの振りをするのはゲイの人たちに失礼だとか」

　全部事実なんじゃないかといいそうになった。おれのなかで園田の点がぐっと高くなった。

「わかった。園田はジェフにも悪意をもっているんだな」

「ええ、間違いないです」

「じゃあ、そっちがジェフに会うことがあったら、おれにも教えてくれないか。手術の計画とか打ちあわせがいろいろとあるんだろ」

「わかりました」

これですくなくともあのビジネスゲイの首に鈴をつけることができた。

収穫ということにしておこう。


店番にもどり、スイカ（千葉産）とパイナップル（沖縄産）とスターフルーツ（台湾産）を売っていると、スマホに着信があった。めずらしくキングからだ。

「マコト、今夜はひまか？」

一瞬意味がわからなかった。ひまは暇か閑か。

「ああ、だいじょうぶだけど」

「だったらエンジェルパークにこい。Gボーイズの集会がある」

おう兄ちゃん、そこのパイナップルくれや。ちょっとお待ちください。送話口を指で押さえてそういうと、おれは返事をした。

「ジェフ杉崎がらみか。なにか進展はあったのか」

「くればわかる。九時だ」

通話は切れた。なんとも口数が多い王さま。おれは昼間からすこし酔っているアロハシャツのおっさんに一番青いパイナップルを選び売ってやった。

エンジェルパークは東池袋中央公園。スズカが働く専門学校からもすぐ近く。サンシャイン60の陰にあるでかい公園だ。入口には四列に植栽が並び、奥は噴水広場になっている。タカシ率いるGボーイズが月二回定例集会を開くので、地元のガキのあいだでは有名。

池袋内戦のときには、尾崎京一《おざききょういち》率いるレッドエンジェルスの本拠地だった。やつは今では自分のダンスカンパニーを率いている。おれがいまだに池袋の路地裏でコンプレックス美女とストーカー男を追っているのと比べると雲泥《うんでい》の差。まあ、たまに劇場の楽屋に顔をだすと、なぜかおれのことをうらやましがるんだけどな。なにせこの不景気でゲージュツはたいへん。いつだって財政が厳しいんだとか。その点では、おれと変わらない。

夜九時すこしまえに到着すると、すでに夏祭りのような人出。花火も夜店もないが奥の噴水広場にGボーイズが集まっている。あちこちでハイタッチやグータッチの嵐。おれのスマホにいきなり画像が送られてきた。この集会の主催者タカシからだ。

ガキが三人。最初はいまどきめずらしいくらいの短いパンチパーマ。ボーリングシャツを着たデブの本名は染谷《そめたに》美翔。キラキラネームの読みかたはスカイだそうだ。顔は名前と大違いで、ストリートネームのほうが断然近い。やつのあだ名はブッダ。

あとのふたりはやせてとがった顔をしたのが芳川孝司《よしかわこうじ》で、ストリートネームはエッジ。ちょい太めの坊主頭が山根《やまね》広太《こうた》郎《ろう》で、とおり名はなぜかマーガリン。おれは画像を保存すると、キングを探しに噴水広場のさらに奥にむかった。

タカシは副官とチームのヘッドにかこまれていた。なぜかやつの周囲だけ妙に静かだ。おれに気づくと、群れを離れてやってくる。

「あのイケメン三人組はなんなんだ？」

タカシはにこりともしなかった。

「消えたジェフの友達」

「Ｇボーイズなのか」

「いいや、正式にはメンバーじゃない。うちは試用期間が六カ月あって、そのあいだの成績で加入を決める。やつらは駒込のほうのチームらしいが、試用期間がまだ二カ月しかすぎてない。駒込とか巣鴨界隈《かいわい》ではけっこう武闘派として名がとおっていたらしい」

「ふーん、そうか。こいつらがジェフと行動をともにしてるってわけか」

あらためてスマホで三人の顔を確認しておく。ブッダ、エッジ、マーガリン。

「これだけのために、おれを呼んだわけじゃないよな」

タカシは無表情のままうなずいた。

「ああ、始めるぞ」


腰ほどの高さがある噴水の手すりに飛びのると、タカシが簡潔に開会の挨拶をした。続いて噴水の端にあがったのは三人の女たち。ひとり見知った顔がある。ジェフ杉崎にべたついていた紙のように薄い鼻筋をした女だ。またえらく短いショートパンツ。ジェフにはスーザンと呼ばれていた。

驚いたことに鼻の片斜面がえぐれるように崩落していた。骨の支えがなくなって鼻腔《びこう》に肌が沈んでしまったみたいだ。女は鼻をすすりながらいう。

「わたしはー4Dで五回鼻の手術をしましたー。それでーこのまえから鼻が壊れちゃってー、鼻水だか膿《うみ》だかとまらなくてー、なんとかしてって4Dの先生にいってるんだけどー、再手術にはーまたお金がかかるってー、いわれて怒ってる。術後のメンテも保証つきってーいわれてたのにー、話がー違うよ。4D美容外科、許せなくなーい?」

恐ろしく頭が悪そう。あと鼻筋がなくなるとやけに意思が弱そうに見えるんだよな。つぎに壇上にあがったのは、目が昆虫のように飛びだした女。夜でも暑いのにくるぶしまであるロングスカートをはいている。こっちは目頭と目尻の切開を繰り返し、二重まぶたと涙袋をつくったという。度重なる目の手術で視力がガタ落ちして、なぜかバセドウ氏病のように眼球が飛びだしてきた。やはり4Dで施術を受けている。

もうひとりはやせているのに、タンクトップの胸だけはスイカのようにでかい女。胸にいれたシリコンバッグが裂けて、片乳だけ抜いたので、今は半分ちいさい。ブラのサイズが左右で五つ違うそうだ。やはり再手術と料金で、4Dともめている。

三人のGガールの整形トラブル報告が終わると、進行役の副官が声を張った。

「4D美容外科をアンタッチャブルに指定することに賛成の者、拍手だ」

ほとんどのガキが拍手して、接触禁止の指定が決まった。これでGボーイズとその関係者、友人すべてがその指定先に、一切接近もしなくなる。４Ｄは東京中から客が集まるでかい病院だから影響はさほどでもないかもしれないが、地元の若いやつむけの飲食店や服屋なら死活問題になる。

タカシはこいつを見せたかったのだろう。Ｇボーイズも本気で池袋４Ｄ美容外科対策に動きだしそうだ。おれのとなりでキングがいった。

「集団訴訟の準備がすすんでる。４Ｄはいけると思うが、ジェフ杉崎がむずかしい。網にかからないかもしれない」

そっちのほうは、おれがなんとかするしかないのだろうか。Ｇボーイズを抜けた三人も合流している。そのとき、おれはＧボーイズの集団のなかにいるマスクに気づいた。スズカがきていたのだ。

同時にむこうもおれに気づいたようだった。スズカは人ごみから離れて、公園出口のほうに身をひるがえした。おれも急いであとを追った。

「ちょっと待ってくれ」

四列に並ぶ植栽のところで追いついた。集会からはかなり離れている。

「あのスーザンとかいう女に呼ばれたのか」

スズカは黙ってうなずいた。夏の夜に上下する白いマスク。

「それでも手術はやるんだ」

きっとおおきな目で、おれをにらみつける。やっぱりこの目だけで十分な美人だ。

「わたしはあの人たちみたいに、何度も繰り返さない。一度で決めて、整形依存になんて絶対ならない」

そうなのかもしれない。４Ｄ美容外科もいつも施術に失敗しているわけじゃないだろう。うまくいくことももちろんある。だが、それでもなんとなく気になるのだ。なぜ、おれたちは人の顔を放っておくことができないんだろう。

男も女も他人の顔を見ては、好きだ嫌いだ、きれいだブスだと始終評価をくだしている。整形だって本人の自由のはずなのに、なぜか口にだしてはいえないチート、裏技的な存在だ。人間の顔って、なんなのだろう。

「わかった。つぎのジェフとの打ちあわせはいつだ」

「土曜日の午後」

あと二日だ。それまでになんとかなるのだろうか。

「同席させてくれ。場所が決まったら、あとでメールしてくれないか」

スズカはうなずいたが、顔色はひどいものだった。無理もないよな。自分がこれから手術を受けるかもしれない病院の失敗例をあれだけ見せつけられたらな。おれは通りまでスズカを送り、タクシーをとめ、のせてやった。まだストーカーは見つかっていない。マンションのオートロックのまえにとめるんだぞ。ドアが閉まる直前の言葉だが、そんな必要はなかったのだ。

スズカが消えてからすぐに、おれはストーカー男・園田と対面することになる。

タカシともうすこし話をしておきたいと思い、おれはＧボーイズの集会にもどった。つぎは新メンバーの承認式が始まっている。やつのとなりでジェフ杉崎についてきいてみようとしたところで、数人のＧボーイズが男をひとり引っ立ててきた。なぜかスズカと同じ三次元立体マスクをした男。おれはぼんやりよくマスクを見かける夏だなあと思っていたのだ。タカシのいうとおりほんものの間抜けなのかもしれない。

「キング、こいつよそのチームのスパイかもしれません」

ひざの裏を蹴られて、マスク男は四つんばいになった。タカシの氷点下の声が響く。

「顔をあげて、マスクをとれ」

そのときようやくおれはマスク男が、園田だとわかった。無理もない。マスクをとった顔は一変している。片方の目は閉じるほど腫れて、唇は切れて血がにじむかさぶたになっている。誰かに袋にされたらしい。おれは園田の横にひざまずき、やつの目を見て質問した。

「おれのことは覚えてるか。あんたとは池袋大橋で鬼ごっこをした。誰にやられた？」

園田の目の光は失われていない。おれをにらみつけていった。

「あんたたち、Ｇボーイズだ」

タカシの顔を見あげる。キングもほんのすこし驚いたようだ。

「うちのチームは誰ひとり、おまえに手をだしてはいない」

園田はおかしな顔をした。おれが保証人になってやる。

「そこにいるのが池袋のキングだ。やつは嘘はつかない」

「だけど、あいつらはおれたちはGボーイズだといって、ぼくをなぐった。これ以上スズカに近づくな。つぎは埋めるぞって」

おれはスマホの画像を思いだした。ジーンズの尻ポケットから抜いて、画像を呼びだす。ブッダ、エッジ、マーガリン。やつの顔につきだしていった。

「それ、こいつらのことか」

園田も混乱しているようだ。スマホのディスプレイとキングを交互に見ている。

「……そうですけど、どういうことなんでしょうか」

タカシの声は絶対零度に近くなる。やつは怒るほど、温度をさげるのだ。

「ひとつだけはっきりしているのは、無関係なガキがGボーイズの名をかたり、暴力事件を起こしたということだな」

周囲にいるGボーイズの面々の表情が引き締まった。タカシはおれにいう。

「ジェフ杉崎と三人を、おれに引きわたせ。Gボーイズがやつらを裁く。おまえは園田だな」

タカシは遥かたかみからストーカー男を見おろしていた。それが急にさっと頭をさげる。あたりのGボーイが息をのんだ。

「ほんのわずかでも、うちに籍をおいた者が済まないことをした。その責任はきっちりとらせてもらうからな」

園田はまだ事態がうまくのみこめないようだった。おれ並みに間抜けなことをいう。

「……あの、ほんとにあいつらを埋めたりしないですよね」

　おれはスマホの画像を消していった。

「さあ、どうかな。タカシならやるかもしれない」

　ストーカー男が震えあがった。そばにいた誰ひとり、おれの冗談ににこりともしなかったからだ。


　近くにあるデニーズで、園田から話をきいた。スズカははっきりとはいわなかったが、園田は何度か告白したことがあったという。

「毎回、空振りでした。スズカさんは今は恋愛よりも美容整形のほうに夢中で、そんな余裕はないといってました。顎のことなんてぜんぜん気にすることない。何度もそういったんですけど、逆に嫌われてしまって」

　おれはアイスコーヒーをのんで、うなずいた。

「わかるよ。コンプレックスはコンプレックスだってやつだろ」

「ええ、そうです。ほめられてもうれしくないって。彼女は仕事もできるし、まわりのこともよく気がつくし、まえの職場でもぼくとは違って正社員に誘われていたんです。だけど、恋愛だけでなく仕事だって、コンプレックスのせいで断ってしまう。悪いのはなにもかも……」

　すこしばかり長くて、右に曲がった顎のせいか。コンプレックスってなんだろうな。おれは自分にそんなものはないから、うまく想像ができなかった。すべての可能性を消し去ってしまう黒い十字架か。スズカと同じような顔をしたほとんどの女は幸福になっているのだろう。スズカは自分にはその権利はないと信じている。またため息をつきそうになる。おれは顔の半分が変形したストーカー男にいった。

「ところで園田さん、土曜日の午後はひまかな」


金曜の晩、おれはジェフ杉崎に電話をいれた。番号はスズカからきいた。話をしたのは五分ほど。おれがスズカの美容整形に絶対反対で、Ｇボーイズは４Ｄ美容外科に対して集団訴訟を起こす予定である。あんたのやっている悪行のからくりは、４Ｄからのキックバックも、風俗スカウトに女を売ることもすべてわかっている。

途中からジェフはおねえ言葉をつかわなくなった。ビジネスゲイをかなぐり捨てて、おれを脅しにかかったのだ。今度はＧボーイズではなく、自分には暴力団がついている。おまえをさらって、埋めるぞ。想像力のないやつの脅し文句は、なぜいつも同じなんだろう。

電話を切ってから、おれは自分の才能が錆びついていないことを確認し、満足した。

そいつは人を心底怒らせる才能だ。


池袋４Ｄ美容外科は西口の先にあるマルイの裏だ。スズカとジェフ杉崎は西池袋公園で待ちあわせをするという。午後一時すこしまえ、おれとスズカは高低差のある公園の一段高いほうに足を踏みいれた。でかいケヤキの木陰に、ぴちぴちの黒い半袖シャツを着たジェフ杉崎が待っている。首にはひとつ二十万はするクロムハーツのネックレス。

おれはスマホを通話状態にして、Tシャツの胸ポケットにいれた。

「あら、よくきてくれたのね、マコトさん」

スズカの手前、おねえ言葉にもどっている。だが、獰猛《どうもう》な目は隠せない。

「ねえ、スズカ、このまえの園田ちゃんといい、マコトちゃんといい、あなたの夢を実現する邪魔ばかりしてるでしょう。ちょっとわたしのお友達に話をさせてもらっていいかしら」

ジェフが右手をあげ、てのひらを左右にやわらかに振った。公園の奥から三人のガキがやってくる。駒込の武闘派、ブッダ、エッジ、マーガリン。先頭のブッダがリーダーで、一番身体がでかかった。身長は百八十ちょっと、腕は肉体労働者のようだ。血管が浮きあがっている。

「おまえが真島誠か。ジェフさんのことは放っておけ。おれたちはおれたちで話があるから、ちょっと顔貸せ。素直にいうことときけば、やさしくしてやるよ」

おれたちがはいってきた公園の入口で、急ブレーキの音が鳴る。タカシのメルセデスのSUVとダッジの大型ミニヴァンが急停止。黒ずくめのGボーイズが七、八人ダッシュでこちらにやってくる。そのなかにはタカシも、意外と足の速い園田の顔もあった。

ブッダたち三人の表情の変化は、なかなかの見もの。圧倒的に自分たちが有利だと思っていたところから、絶望的に不利な状況にたたき落とされたのだ。まあ、当然。

二カ月でもGボーイズの空気を吸ったのなら、タカシの恐ろしさはよくわかっているのだろう。

ブッダがいった。

「ごぶさたしてます、タカシさん」

タカシの声はまだ氷点下。

「これはどういうことだ」

「……いや、なんでもありません。ちょっとしりあいに頼まれて、その」

タカシは顎の先で園田を示した。

「この男がGボーイズを名のる三人組に暴力を振るわれたと証言している」

まだ園田の顔は傷とあざが残っていた。スズカがほとんど閉じた片目を見て息をのむ。

「おまえたちはいつからGボーイズになった？」

「助けてくれ」

そう叫んで駆けだそうとしたのはマーガリンだった。Gボーイズの突撃隊がやつをとり押さえ、結束バンドでうしろ手に拘束する。集団が乱れた瞬間だった。ブッダが叫んだ。

「キングがなんぼのもんだ」

でかい拳を握り締め、タカシになぐりかかった。あー、こいつはダメだ。素人《しろうと》のおれでもわかる、力はあるが明らかに蠅《はえ》のとまるようなパンチ。タカシの腕はやつの腕の半分くらいの細さ。そいつが蛇のようにやつの腕に巻きつき、顎の横にカウンターで右拳が突き刺さった。ブッダはその場に垂直に落ちた。いいパンチが正確に急所を打ち抜くと、人は吹き飛んだりしない。ただその場に崩れるのだ。トランプを積んだタワーみたいに。

Gボーイズはミニヴァンに三人とジェフをのせて去っていく。タカシはいった。

「これからあとは、おまえたちが決めろ。やつらのことは心配ない」

園田を見て、水たまりに張る氷ほど薄く笑った。

「骨の髄《ずい》までびびらせるが、埋めることはない」


園田はおずおずと声をかけた。

「あの、ぼくはもう手術には反対はしないから」

スズカはマスクのしたで沈黙を守っている。

「でも、あの、ジェフさんと４Ｄ美容外科はよくないと思う。いっしょにもうすこし良心的な病院を探さないかな」

おれはそのとき気づいた。これがやつにとって、もっとも誠実な告白の形なんだろう。なんにしても恋ひとつするにもむずかしい時代だ。

「わたしのほうもごめんなさい。園田さんがそんな目にあっていたなんてしらなかった」

おれが気をきかせいった。

「なあ、４Ｄには急用ができたと電話をいれて、このあとふたりで話しあいをしてみたらどうだ」

マスク女とストーカー男がぎこちなくうなずいた。

「マルイの先にいい感じのカフェがあるぞ。おれは先にいくから。スズカさん、あとでメールするよ」

なんだかお見あいのコーディネーターみたい。おれは猛烈に暑い公園の蝉時雨《せみしぐれ》のなかに、ふたりを残し先に帰った。いつまでも店番をさぼっていると、おふくろがうるさいからな。

その後の話は、まあシンプルだ。

ジェフ杉崎は美容院を首になった。オーナー店長にタカシが話をしたらしい。ジェフをとるか、Gボーイズのアンタッチャブルに指定されるか。店長はジェフが裏でやっていた美容整形のアルバイトをしらなかった。やつは即日首。だが、やつのことだから、どこか別な街で同じことを繰り返すのだろう。

池袋4D美容外科への集団訴訟は始まったばかり。裁判よりあのアンチエイジング金満夫婦にショックだったのは、女性週刊誌に特集された顔面崩壊女たちの写真だろう。客足はぱたりととまったらしい。

スズカと園田はなんとなくつきあっているようだ。今でもスズカは手術をあきらめていない。ふたりで評判のいい美容外科を探していると園田がいっていた。スズカの気もちを理解するために、自分でもプチ整形を受けてみる気もあるそうだ。片方七千円の幅広平行の二重の手術である。

おれには女の顔の美醜はよくわからない。ときにすごくきれいだったり、かわいかったり、別なときにはぜんぜんいけてなかったり。人間だからいろいろな表情がある。美しいときも醜いときもある。

そいつは池袋の夏空と同じだ。真っ青な空に純白の積乱雲、それがほんの十分間でゲリラ豪雨の黒い空に一変する。夏の変わりやすい天気みたいに揺れるのが女の顔だろ。それをいつもきれいなままにしておくなんて、逆にもったいないないよな。

きれいでも、きれいでなくても、変化のなかに美しさはある。
生きものって、だいたいがそういうもんだよな。

西一番街ブラックバイト

金がだんだんとでかくなっているように見えるのは、おれだけだろうか。

普通の硬貨なんかじゃない。手にもてず、財布にもはいらないほどでかい金。昔どこかの南の島でつかわれていた、十トントラックのタイヤみたいな石を削った金だ。近ごろじゃあ金はあれくらいでかくて貴重な存在だ。おれたちは金に番犬みたいに首輪でつながれ、どんなにきつい仕事でも文句をいわず働かなきゃならない。

それも、嫌々じゃなく本心から「感謝と感動」の気もちをもってな。今では金を払ってくれる雇い主さまは神さまと同じ。宗教のように働く人間の心を縛りあげ、さらに効率的に働かせようとする。道徳も人生の目標も生きるよろこびも仕事のなかにある。生きることはそのまま仕事だ。働いて感謝しろ。働いて感動しろ。天使のように甘い言葉で洗脳し、悪魔のように働かせる。そいつが黒い企業の常套《じょうとう》手段。

もちろんそれはこの池袋だけでなく、日本中に根を広げている。コスト割れぎりぎりの低価格とサービスの充実が売りのデフレ系ビジネスの大半は、すでにクロなのだ。それはそうだよな。

正社員になりたいガキはいくらでもいる。命を削って働くのはちょっとというガキはつかい潰して捨てていけばいい。

ブラック企業にとって人など燃料用の薪《まき》にすぎない。灰になろうが、二酸化炭素を大量に排出しようがかまわない。命の熱を金に換えることができるなら、それで十分。人を壊してつかい捨てる企業は、古《いにしえ》の公害垂れ流し企業と変わらないんだが、もうあまりに数が多すぎて野放し状態だ。企業経営に環境基準は適用されない。

日銀が洪水みたいに金をじゃぶじゃぶと流しても、結局はなにも変わらなかった。人やモノより金のほうが貴重になるデフレ経済の大勢《たいせい》に変化なし。働く人間がやせ細り、金をもつ人間がルールをねじ曲げていく格差社会だ。『バック・トゥ・ザ・フューチャー』が描いた夢の未来は、三十年たってスマホをもつ奴隷ワーカーがゾンビのようにうろつく煉獄《れんごく》になっちまった。黒い会社の正社員ゾンビに、非正規雇用のゾンビたち。ゾンビにならずに生き延びる確率は、コインの裏と表と同じ半々というホラー映画みたいな生存率だ。

今回のおれの話は池袋、それも西口限定であらわれたスーパーブラック企業とそいつに殺されたり壊された気の毒なガキどものストーリー。おれとタカシ率いるGボーイズはなんとか勝利を収めたが、そいつは局地戦のささやかな勝利にすぎない。日本中の至るところで黒い会社は人の生き血を吸って繁栄している。

数年まえにブラック企業大賞というアワードが制定されている。そこで賞をもらうような立派なクロには金を落とさないというのが、おれたち小銭しかもたない消費者にもできるいい作戦かもしれない。今年のノミネートには日本最大のコンビニチェーンなんかもはいっているから、明日からまともに生活できなくなるかもしれないけどな。


「ＯＫカレーです。よろしくお願いします」

「ＯＫチャーハン、ただ今開店キャンペーン中です」

「お疲れさまです。ＯＫどんぶりはごはん大盛り無料サービス」

　布団のなかでもやつらが駅まえで叫んでいる声がきこえた。うちの店がある西一番街は池袋駅西口のすぐ近く。駅のロータリーで誰かがケンカをしたり、騒いだりすれば嫌でも耳にはいる。

「起きな、マコト。朝めし用意してあるよ。店を開ける時間だろ」

　おふくろのおっかない声。目覚ましのアラームよりきくよな。おれはめずらしくＧボーイズの幹部連中と始発時間まで北口のバーでのんでいたのだ。

「はいはい」

　布団を抜けだすと、おれの四畳半は十二月朝の空気。昨日脱いだままの格好になっているジーンズに足をとおし、セーターをかぶった。震えながらダイニングキッチンにむかおうとしたところで、例のコールが始まった。

「せーの、ＯＫカレーは？」

「二九、二九、二百九十円！」

「ＯＫチャーハンは？」

「三二、三二、三百二十円！」

朝っぱらからビラまきをしている店員が二十人ばかり応援団のように声をあわせて、馬鹿みたいに安い値段を叫んでいる。テーブルについた。朝めしは目玉焼きとおふくろ得意のトン汁。ショウガとニンニクをすりおろしたのが入ってるやつな。ごはんは炊き立てだった。

「まったく商売のやりかたも変わっちまったね」

おふくろはいまいましそう。

「まったくな。ＯＫのやつら真冬でも半袖のポロシャツ一枚にエプロンだ。頭おかしいんじゃないか」

黄色いポロに、緑のエプロン。制服を着たＯＫグループのビラまきは池袋西口の名物になりつつある。

「だけどすごい勢いじゃないか。西口だけで、もう十店は超えてるんだろ。カレーにチャーハンにどんぶりもの、あとなんだっけ」

「焼き鳥、ラーメン、餃子、パンケーキ……今度はガレットだったかな。介護と進学塾もやってるって噂だけど」

「なんだい、そりゃあ、なんにでもくいつくんだね。ラーメンと餃子なんて同じ店でいいだろうに。あたしはいったことないけど、味のほうはどうなんだい」

安さにひかれて、おれはＯＫチャーハンとＯＫカレーにはいったことがあった。

「味は……普通」

そうとしかいいようがない。うまくはない。まずくもない。なんとなく腹はいっぱいになる。価格は飛び切り安い。ということは、おれたちのまわりにあふれている多くの商品と変わらないということだ。二十一世紀の超高度消費社会で、おれたちはどうでもいいものだけ消費して生きている。

十二月の寒々とした朝に気づく人生の知恵としては、そう悪くない。


おふくろもいい年で身体もだいぶしんどくなってきたから、うちの果物屋の開店にはおれの力が欠かせない。古いシャッターを開けるだけでひと仕事だ。おれは白い息を吐きながら、店先に商品をならべていく。冬でも果物は豊富。これも努力を怠《おこた》らない生産者のおかげだ。十二月はなんといっても柑橘《かんきつ》類が旬。ネーブル、イヨカン、キンカンに温州《うんしゅう》ミカン。あとはちょっと値が張るラ・フランスだのル・レクチェなんかの洋ナシがずらり。売上の残る主力はクリスマスシーズンのイチゴだ。

背後からやけに元気に声をかけられる。

「おはようございます、マコトさん」

「ああ、おはよ、マサル」

しかたなく挨拶した。とよのかイチゴから顔をあげると、長いほうきをもったガキ。当然黄色いポロシャツにグリーンのエプロンをしている。谷口《たにぐち》優は西一番街のあらゆる路地と歩道をはき掃除しているOKグループの従業員だ。おれは冷やかしで声をかける。

「創業者さまのお勉強はすすんでるか」

マサルはあたりをきょろきょろ見まわして、小声でおれにいう。

「やめてくださいよ、マコトさん。大木《おおき》社長をからかうのはしゃれにならないんすから」

小柄なマサルがもつとほうきがやけに長かった。うちの店のまえの歩道をはき寄せたゴミはカラフル。ガールズバーや風俗のチラシに、折れた割りばし、コンビニで売ってる海外ブランドのコンドームの小箱などなど。

「その本、社員に無料で配られるのか」

エプロンのまえポケットには、薄っぺらいソフトカバーの本がのぞいている。

「あーこれですか。マコトさんも一冊いりませんか。あまってるんですけど」

マサルが本をとりだした。ぺらぺらとめくり、おれにさしだそうとする。カバー写真はＯＫグループ社長の大木啓介《けいすけ》のにやけた笑顔。ファンデーションを塗った満面の笑みで、視線は政治家のように斜め上方をにらんでいる。たぶんＣＧで目にハイライトを飛ばしているのだろう。四十手前の充血した目がやけにきらきら輝いている。書名は『大木啓介のポジティブに生きる３６５日名言集』だとさ。だいたいＯＫは大木啓介の大啓からとった社名だ。ガキのころのあだ名だったという。

「そんな本、いらないよ。なんであまってるんだ?」

マサルは元々さがり眉の情けない顔だちなんだが、そのときはさらに眉の角度を急にした。

「社長の本はでるたびに必ず買わなくちゃいけないんです。申しこみ用紙にチェックをいれる欄があって、そこが三冊から始まるんです」

「買わないわけにはいかないのか」

マサルのさがり眉はもう四十五度に近い。

「ダメなんです。買わないとうえににらまれますから。無理して十冊とか二十冊とか買ってる社員もいます」

多数のゴマすり社員に君臨するのは、握手券つきのアイドルCDみたいに自分の書いた本を社員に売りつける社長か。この国はガキの国だよな。

「おまえ何冊買ったの？」

「五冊です。三冊からだけど、誰も最低の冊数は買わないんですよ」

「あまった分はどうすんの」

「秘密ですよ。自分はブックオフに売ってます。一冊何十円にしかならないけど」

感謝と感動の経営の裏側だ。おれたちはどうして、そのへんのすこしばかり伸びてる会社の社長たちをむやみにありがたがるのかな。金を儲けられるなら、人格者に違いないなんて調子で。

おれは大木啓介の本を受けとりページを開いた。あちこちに赤ペンでチェックがはいっている。

「おー勉強熱心だな」

マサルの顔色がぱっと明るくなった。

「今回は惜しかったんですよ。あと四点で、朝夕の街頭掃除が免除されるところだったんです」

ＯＫグループには隔月で試験があるという。下位の20パーセントは池袋駅西口でビラまきをしながら、声の限りコールをしなけりゃならない。例の朝の迷惑シュプレヒコールだ。そのうえの20パーはマサルのように西口界隈のはき掃除だ。当然、出題は経済や社会などの常識問題ではなく、すべて大木社長の著書から選ばれる。

よくできた洗脳システムというか、従業員など幼稚園児なみにあつかえばいいと見くびっているのか。

「マコトさん、ほんとに一冊いりませんか。おれが買いますから。友人知人に一冊買ってもらうと、おれの成績があがるんですよ」

　数はすくないが精鋭ぞろいのおれの本棚に、大木啓介の感動経営のクズ本がならぶところを想像した。白夜の夜明けの南極点なみの寒気が襲ってくる。

「そんなもん、いらねーわ」

　ちいさな声でいっておくが、今のこの時代、感動とか感謝とかを売りにしているあらゆるものから距離をとったほうがいい。映画でも本でも音楽でも、その手のものは振りこめ詐欺の電話と変わらないからな。


「ちぇ、残念だなあ。一冊売ると、テストの五点分と同じなんすよ。そしたらあったかな店内の清掃につけるんだけど」

　いやいや、マサルがちょっと楽をするために、あんな本を押しつけられるのはカンベンだ。とまっていたマサルのほうきが超高速で動きだした。おれのほうを見ようともしない。西一番街の歩道の先に、ふたり組。やはり黄色いポロシャツ。片方はクリップボードをもっている。マサルが声を押し殺していう。

「ケンペーです」

　憲兵？　男たちはふたりともがたいがよくて、三十代の初めだろうか。にこやかにおれに笑いかけてくる。

「おはようございます。うちの谷口の掃除はいかがですか。足りないところはありませんか」

クリップボードをあげ、右手にはボールペン。マサルが捨てられた子犬のような目でおれを見る。

「掃除は毎朝助かってるよ。あいつはよくやってると思う。だけどさ……」

やめろというようにマサルがちいさく首を横に振った。

「あの朝の挨拶がやかましくて、たまらないんだよな。おれんち、この店のうえだから。あのOKカレーは？　二百九十円！　とか叫ぶのやめてくんないか。安眠妨害もいいとこだ」

笑顔を固定したまま憲兵のひとりが、おれをじっと見つめている。もうひとりがボールペンを走らせたので、いちおう苦情を記録しているのだろう。男は笑顔を崩さないままいう。

「貴重なご意見、ありがとうございます。本部に報告させていただきます。ただし朝のご挨拶は騒音規制法の枠内ですので、通常の営業活動の範囲内であると当社は考えております。なにとぞよろしくお願いいたします」

慇懃無礼《いんぎんぶれい》な憲兵。ふたり組はそろっておれに会釈する。片方がいった。

「谷口くん、がんばって。この街をきれいに清掃できることに感謝しよう。日々、感謝感動だよ」

真冬にポロシャツの男たちがやけに姿勢のいいまま、行進するように雑然とした池袋西口の繁華街を去っていく。太ったカラスの鳴き声が響いた。なんというか新興宗教の熱心な信者みたい。

おれはマサルにいった。

「なあ、大木社長の本暗記すると、天国にいけるのかな」

マサルははき掃除の手を休めない。

「さあ、自分には天国はよくわかりませんけど、ＯＫグループの経営本部にはいけますよ。ケンペーはみんな全ページ暗記してるって噂です」

驚いた。池袋西口の偉人はさすがに違う。

「ところでさ、大木社長って何冊本書いてんの」

「五十冊くらいだったと思います」

たまげた。最低でもひとり三冊買わなければならないなら百五十冊だ。大木啓介専用の本棚がひとつ必要になる。おれはアルバイトみたいなもんだから、よくわかんないけど正社員ってタイヘン。


タカシから電話があったのは、その日の夕方だった。街がクリスマスソング一色になった副都心のトワイライトタイム、おれはせっせとミカンやイチゴを売っていた。スマホをもって、店先の歩道にでた。朝マサルが掃除した歩道にはもう吸い殻が目立つようになっている。

「マコトか、今時間あるか」

乾いた北風のような声。おれは店の奥にいるおふくろを見た。まださしていそがしい時間でもない。

「ああ」

「三十分くれ」

「わかった。いつくる？」

「四十五秒後」


きっかり四十五秒後、店のまえにばかでかいメルセデスのRVが停止した。ディーゼルエンジンを積んだ環境問題対応の新型だ。ウインドウはすべてスモーク張り。タカシは薄手のTシャツ一枚にモンクレールのダウンジャケットを羽織っていた。どちらも純白。手には見たことのない英文ロゴの紙袋。

おれにひと言もいわずに、店の奥にすすんでいく。

「おふくろさん、ごぶさたしてます。これ、和風のマカロン、お土産です」

おふくろはおれには見せたことのない笑顔。

「悪いねえ、タカシくん。うちのマコトにそんなに美人でなくてもいいから、身体が丈夫で気立てのいい子を紹介してやってよ。いつまでたっても、彼女が長続きしなくてさ」

タカシは苦笑いして、おれを見た。

「がんばってみますけど、ああ見えて、マコトは女についてはものすごくうるさいんですよ」

おふくろがおれを見て眉をひそめる。

「もてない男ほど、注文が多くて、口うるさいってほんとうかもしれないね。タカシくんなんかは、引く手あまただろうけどさ。マコトはもてないから、よろしくやっておくれよ」

池袋のGボーイズを束ねる非情の王・タカシが好青年の振りをしていう。

「わかりました。ちょっとマコトを借ります。おふくろさんみたいに気風《きっぷ》のいい子を探しておきますから」

メルセデスのRVのウインドウがするするとさがった。首に幾何学模様のタトゥをいれたタカシの親衛隊がいう。

「キング、このあとどうしますか」

「一時間後にここにもどってきてくれ。いっていいぞ」

クルマのなかから三人の声がそろった。

「はいっ」

音もなく、滑りだしていく。走りだしはモーターなのだろう。夜道で獲物に近づいていくにはうれしい性能だ。環境だけでなく、拉致《らち》対応。

「マコト、いこう」

「どこに」

「おれに西一番街を案内してくれ」


といっても、おれが生まれ育ったこの街が池袋西口の駅前にある西一番街。店を離れたとたんに、おれはキングに文句をいった。

「おまえ、冗談はファッションだけにしとけよ。誰が女にうるさいんだよ」

タカシは涼しい顔。

「そうか、実際うるさいだろ。顔がきれいとか、胸がでかいというだけで、おまえが女を選んだのを見たことがない。そのへんの男とは違うだろ。おれの知る限り、美人かどうかはともかく、おまえがつきあったのはみんないい女だった」

タカシにしたらめずらしい長台詞《ながぜりふ》。唇の端だけつりあげて、ちょっと笑う。

「そいつはおれと同じだろ」

結局おれをだしにして、自分をもちあげた。王さまの自慢は手がこんでるよな。西一番街のゲートをくぐって左手には池袋演芸場。小さな飲み屋や飲食店が通りの奥まで、左右をびっしりと埋めている。森の奥にでも迷いこんだみたい。張りだし看板やネオンサインが紅葉というところか。夕方になって、ようやく人がにぎわい始めたところだった。

「おまえだって、池袋生まれなんだから、西一番街なんてよく知ってるだろ」

「ああ、ガキのころからよくわかってる。今日は敵情視察だ」

「敵?」

おれがそういうと、タカシは指をさしてかぞえ始めた。

「一、二、三……六、七か」

この通りの両サイドだけで、七店舗。OKグループの黄色い看板だ。カレー、丼、チャーハン、焼き鳥、ガパオ、ステーキ、そしてもう一軒カレー。

「OKがどうかしたのか」

「ああ、Gボーイズでももう二桁《けた》を超えるガキがあそこで働いていてな、苦情が殺到している。

サービス残業、賃金の未払い、長時間労働、その他いろいろとな」

「ふーん、いろいろとたいへんなんだな」

街のガキは警察や労働基準監督署など頼らなかった。なにか理不尽なことがあれば、すぐキングのところに駆けこむ。まあ、実際にハローワークなんかよりもずっと熱心に就職の斡旋なんかもしてくれるからな。ギャングとはいえ結束の固い互助会みたいなものだ。

「ＯＫカレーよろしくお願いします。半額チケット、どうぞ」

半袖ポロシャツから伸びる腕にびっしりと鳥肌を立てた若い女が、おれにチラシをさしだした。二百九十円に赤い×印が書かれ、百四十五円になっている。おれは女に話しかけた。

「悪いけど、もう一枚くれないか。友達の分だ」

青かった女の顔色が変わった。

「あっありがとうございます。よろしければ、ご家族の分もどうぞ」

おれに四、五枚押しつける。このチラシを全部まき終えるまで、店には帰れないのだろう。十二月の寒空のしたポロシャツ一枚。こんなやせっぽっちの若い女には厳しいだろう。おれは受けとって、感じのいい笑顔をつくってみる。

「あのさ、悪いんだけど、うちの弟がＯＫグループで働いてみたいっていってるんだ。大木社長のところって、どうなのかなあ」

女はおびえた目で、西一番街の左右をさっと見た。店の人間か、例の憲兵がいないか確認したのかもしれない。口ごもるようにいう。

「……うちは本気で厳しいので……もう一度考えてみたほうが、いいかもしれないです……あの、飲食はどこもたいへんだとは思いますけど」

おれは顔をあげて、目のまえのビルにさがった大手居酒屋チェーンの看板を指さした。

「ここの系列よりも厳しいの？」

女は困った顔をする。よほど恐ろしいのだろう。また通りを再確認。

「あー、あのわたしOKグループにはいるときいわれたんです。よその飲食は会社だけど、うちは軍隊だからって。覚悟してこいって」

タカシが雪原を吹いてきた北風のような声でいった。

「会社じゃなく、軍隊か」

おれはお人よしの笑顔のままいった。

「それで、ほんとうに入社してみてどうだった？」

若い女はおずおずと笑う。

「軍隊がどういうところかわかりませんけど、そのとおりだなあって。弟さんはほかのところを探したほうがいいと思います。軍隊って普通に働くところじゃありませんよね」

女は大学生風のカップルにむかって移動していった。おれは女の手のなかのチラシに目をやった。まだ厚み一センチ以上はある。何時間かかることやら。

おれはタカシに目をやった。

「ちょっと早いけど、晩めしにするか。タカシ、カレーでいいか」

タカシは路上にだされた黄色いOKカレーの看板に負けないくらい無表情にいう。

「敵情視察だ。なんでもいい」

おれたちはすぐ近くの路地を曲がった。ＯＫカレーの一号店は西一番街の表通りではなく、すこし奥にある。店にはいろうとしてガラスの扉に手をかけると、店と店のすきま、繁華街の獣道から怒鳴り声がきこえた。

「おまえはうちの会社にむいてないんだよ。辞めろっていってんだろ」

おれはタカシと顔を見あわせた。足音を殺してもどり、暗い路地裏をのぞきこんでみる。気の弱そうなガキがふたりの男に詰め寄られていた。全員、黄色いポロシャツ。よかった、マサルじゃない。

「すみません。これからがんばりますから」

「いいから辞めろ。おまえは社会人失格だ」

「そうだ、人間のクズだ。うちの会社におまえの居場所はない」

うつむいていたガキが顔をあげた。目が光っている。泣き顔。

「だったら、首にしてください」

憲兵らしき男たちは顔を見あわせた。

「それはできない。あくまで、自己都合で辞めてもらう」

「それだと、失業保険がもらえ……」

背の高い男がビルの壁を蹴って叫んだ。どすんと鈍い音が鳴り、やせたガキが跳びあがった。

「失業保険とか、ふざけんな。生意気なんだよ。おまえは会社にいる一秒ごとに損失をだしてるんだぞ。自分からさっさと辞めるのが筋だろうが」

タカシに肩をつかまれた。おれはＯＫカレー一号店にもどった。三年まえに大木啓介のすべてが始まった記念すべき最初の店だ。


店のなかはコの字型のカウンターがあるだけのシンプルな造り。スツールの数をかぞえたら十八席だった。夕飯には早い時間だが、三分の二は席が埋まっている。おれの顔を見ると、マサルが一瞬驚き、表情を隠した。となりに座ったタカシを見て、驚きを隠せなくなる。

全力ダッシュのスピードで両手に水をもってくる。おれは通りでもらった半額チラシをだした。

「ＯＫカレー並の辛口。タカシも同じでいいか」

タカシはマサルを見ながら、ゆっくりとうなずいた。マサルはキングと目をあわせようとしない。

「じゃあ、それふたつで」

「はい、今キャベツ無料サービス中なんですが、両方ともおのせしていいですか」

「いいよ」

「ナミカラ二丁、キャベツのせで」

店員がひとりで叫んだ。

「ちゅーーもん」

そのあとマサルをふくめた三人が全力で声をそろえた。

「いただきましたーー」

有名なOKグループの「いただきました」コールだった。客は慣れているのか、野太いコールにも顔色ひとつ変えない。まあ、コールなんて店側の自己満足だからな。マサルはまた全速力で厨房にもどっていく。おれとタカシは店内の様子を観察した。小声でいう。

「演技中の体操選手みたいにきびきびしてるな」

注文をとるときも、カレーの皿をだすときも、さげるときもほぼ全力疾走。返事もやけにはきはきしてる。タカシがいった。

「集会にくるGボーイズより目が光ってるな。軍隊式にも長所はあるんだな」

「おれは嫌だ。店番してるせいかな。金払うからってやたらいばる客がいる。日本人って店員に過剰サービスを求めすぎじゃないか」

宅配便のドライバーが荷物を配るのに走っているが、あれにはどういう意味があるんだろう。仕事は生きがいです。仕事に全力です。仕事は感動です。誰もがNHKのプロジェクトXみたいに働かなきゃなんない社会なんて息苦しくてたまらない。

「おまたせしました。ナミカラ、キャベツのせです」

マサルが山盛りに千切りキャベツをのせたカレー皿をもってくる。おれとタカシはうまくもまずくもないカレーを黙って平らげた。文句はいえないよな。

なにせひと皿百四十五円で、あの全力疾走サービスつきなのだから。

代金はタカシが払った。この値段だとおごられても、ちっともうれしくないけれど。おかしかったのは、やはりマサルがタカシと目をあわせようとしなかったこと。やつは通常のありがとうございましたのあとに、小声でスミマセンといった。池袋のキングとなにかあったのだろうか。

おれたちはOKカレーをでると、そのまま七軒の店を順番に見てまわった。どこもそれなりに繁盛している。まあ、ガパオの専門店はまずまずだったが。ここまでで約三十分。タカシがいった。

「もうちょっとつきあってくれ」

もう西一番街の商店街の突きあたりまできている。タカシはスマートフォンの地図を見た。

「こっちだ」

西口の先にある池袋のラブホテル街を抜けていく。このあたりにもすっかり流しのコールガールは見あたらなくなった。静かなものだ。建物はしだいにマンションとオフィスビルが目立つようになる。

黄色い三輪バイクがずらりとならんでいた。OKピザの看板には宅配専用の文字。黄色いポロシャツのガキが走りまわっている。見あげると二階と三階の窓にはOKグループ本部の文字。タカシとおれはガードレールに腰かけて、古びた七階建てのビルを見あげていた。

「一階が宅配ピザ屋で、二階三階が本部、そのうえは進学塾と介護サービス。大木という男は金のにおいがすれば、なんにでもくいつくみたいだな」

おれは自分のスマホでOKグループのサイトを見る。

「ぜんぜんばらばらの業種だな。どうやって展開してるんだ?」

「専門家を雇い、あとは人を集めて、スパルタ式でたたきこむ。どのビジネスもやり口はすべて同じだ」

　金になりそうな仕事を見つけると、ぐりぐりと参入して、あとは兵隊たちを死ぬほど働かせるシンプルな手口か。おれたちが敵情視察していると、ガキがふたり宅配ピザ屋から走りでてきた。ふたりで声をそろえる。

「ご指導ありがとうございます」

　それから路上で腕立て伏せを始める。白い息を吐きながら三十回。おれは全速力の腕立て伏せをするガキを見ながらいった。

「タカシはどうするつもりなんだ。はっきりいってOKはどうしようもないブラック企業だが、このくらいの会社は今じゃ日本中どこにでもあるだろ。不景気からこっち、一番安いのは人間なんだから」

　物価や給料がさがるのがデフレの悪じゃない。働く人間の価値がどん底まで落ちる。それが究極の悪なのだ。つかいつぶされていくたくさんの頭の悪いガキども。

「さあな、どうするかな。つぎはうちのメンバーからヒアリングだ。今夜集会がある。マコトもくるか」

　首を横に振った。気がすすまない。おれはだいたい団体行動が苦手。

「自分なりに調べてみるよ」

「頼む。こいつをつぶさなきゃならなくなったら、おまえも手を貸してくれ」

　タカシが黄色い看板を指さす。その右端にはラミネート加工された大木啓介社長のポスターがでかでかと貼られていた。どことい って特徴のない顔で、高級そうなスーツを着ている。狡猾《こうかつ》そうに笑うオールバックのキツネ。

店に帰ってCDの棚を探した。ロシアには農奴《のうど》を描いた音楽がたくさんある。CDを店先のプレーヤーにかけて、ぼんやりと考えた。日本のブラック企業で働く若いやつらは、百五十年も昔のロシアの農奴みたいなものだろう。利益のほとんどは経営本部に吸いとられ、サービス残業という名のタダ働きを強要される。そこから抜けだすには貴族の覚えをよくするしかないというのも共通だ。

哀愁とエキゾチックなスパイスのあるメロディが流れだした。『イーゴリ公』は大作オペラだが、有名なのはなんといっても「韃靼人《だったんじん》の踊り」という第二幕の曲。一度きけば誰でも、あああの曲ねとわかるはずだ。

作者はアレクサンドル・ボロディン。子どものころから音楽の才能は抜群だったが、農奴の息子で正規の音楽教育は受けられなかった。

まあ、日本の大学生も帝政ロシアの農奴に負けないくらいつらいんだけどな。奨学金という名の借金をしているのは、もう半数以上。卒業時には大卒社員の年収を超える借金を抱える。正社員になった先がブラック企業だったら、もう目もあてられないよな。

おれは自分の部屋からノートパソコンをもってきて、客足がとだえると「韃靼人の踊り」を無限リピートしながら、あれこれと大木啓介とOKグループについて調べ始めた。

翌朝、店をあけながら、ちらちらと西一番街の歩道をチェックした。マサルは例によって黄色いポロシャツ一枚で、はき掃除をしながらやってくる。声をかけた。

「昨日はごちそうさま」

マサルは手を休め、八の字眉毛をさらにさげた。

「マコトさん、いきなりキングなんて連れてこないでくださいよ」

「おまえ、タカシと昔なにかあったのか」

「そんなこといえませんよ」

それなら無理してきくこともない。マサルがGボーイズにいたという噂はきいていなかった。

「おまえって出身はどこなの」

「埼玉の大宮です」

池袋にはとくに多い埼玉出身者だった。

「ところでさ。昨日マサルの店のわきの路地で、憲兵がふたり若いやつを追いこんでるの見たんだけど。うちの会社にはむいてないから、自分で辞めろって」

マサルは暗い目をする。目を伏せて、ほうきを動かし始めた。

「ああ、あれしょっちゅうなんですよ。憲兵の仕事は下級の社員やバイトを監視することと、不要になったやつを自主退職させることなんで」

「追いこまれていたガキはしってるのか」

「地元の後輩です。おれがＯＫグループに誘ったんで、気にはかけてるんですけど。かばうと、その……」

十二月の朝の凍えるような風が都心の通りを吹いてくる。朝の繁華街は薄汚れた映画のセットみたいだ。

「自分も狙われる」

「……そうなんです」

おれは明るい声をだした。ＯＫグループみたいなやつらのせいで嫌な気分になるのは、朝からたくさん。

「ところで大木社長の本、今日ももってるか」

「ええ、あります」

「じゃあ、それ一冊売ってくれ」

ネットでは散々調べたけれど、まだ大木の著作は一ページも読んでいなかった。自分で書いているとは思えないが、資料として目をとおしておく必要はあるだろう。まあ、だいたいの経営手法はわかっている。集中出店による地域ナンバーワン主義。徹底した社員教育による顧客満足度の極大化。その中心にあるのが、例の「感謝と感動」の経営だ。

マサルがうれしげにいった。

「じゃあ、午後にでももってきます。寮にあるんで」

おれはマサルのエプロンのポケットからのぞく『３６５日名言集』を親指でさした。

「その本でいい。どんな言葉が試験にでるか、マサルがチェックしたやつのほうがいいんだ」

「まさかマコトさんOKにくるつもりじゃないですよね」

カレー屋のカウンターのなかを全力疾走する自分の姿を想像してみた。全力のそれじゃない感。

「おれは店番の仕事があるから」

超零細でも、自分のうちで店をやっていてよかった。おれがOKにいたら、とても街のトラブルに鼻をつっこむ時間的なゆとりはないだろう。

「じゃあ、これ」

マサルから大木のビジネス書を受けとった。財布をだすとやつはいう。

「中古なら何十円ですから。マコトさんにあげます」

「おお、ありがとな」

こんなにただでもらって、うれしくないプレゼントは久しぶり。中学時代に好きでもない女子からもらった長さ二メートルの手編みマフラーなみだった。


店開きを終えると「韃靼人の踊り」をききながら、大木の本を開いた。ちなみに十二月のその日の名言はこんな調子。

「仕事は感動の先にある。人は感謝の先にいる」

ばっちりマサルの赤線が引いてあった。なんだか交通標語みたい。この手の口あたりがいいだけの、もっともらしいエセ道徳訓をありがたがるやつが多いのはなぜだろう。毎日がそんなに退屈なのか。おれが薄っぺらな本をめくっているとおふくろがいう。

「それ、大木社長の本だね。あとで見せておくれ」

おふくろが大木に関心があるなんて初耳。

「いいけど、どうして」

「今度、その人が区長選にでるらしいんだよ。地元のためにがんばって雇用を生んでいるんだから、えらいものじゃないか」

おれはずる賢いキツネのような大木の著者近影を眺めた。そうだよな。結局、この世界には真っ黒なだけの人間も純白の人間もいないのだ。おれやあんたや大木のように、誰もがたそがれた灰色ゾーンに立っている。


その日の昼すぎのことだった。

西一番街に電気が走った。通りをいくやつらが急に駆けだして、一点に集まっていく。事件、ケンカ、火事。なんでもいいが悪いイベントが起こると、繁華街にいる人間は鉄砲水みたいに流れだすのだ。

「飛びおりだ」

「若い男が飛びおりようとしてる」

そう叫びながら、やじ馬が西一番街の奥にむかって駆けていく。たいていはスマホで友人にラッキーにもめぐりあえた一大イベントを報告していた。

「おふくろ、店頼む」

おれも人の流れにのって走りだした。なんとなく嫌な予感がする。うちの店から走って、ほんの四十秒。タカシといったばかりのOKカレーが一階にはいった雑居ビルだった。最上階の八階から屋上にあがる外階段のコンクリートの手すりに、若い男が座っていた。足は高い空に突きだされている。黄色いポロシャツ。

周囲をやじ馬がかこみ、警察は規制線を張っている最中だった。メガホンをもった巡査が叫ぶ。

「きみ、ちょっと待ちなさい。話をきかせてください。名前は」

おれは逆光のなか、目を細めて青い冬空につま先をぶらぶらとゆする男を見あげた。すぐそこの路地裏でOKの憲兵に追いこまれていたあのガキだ。やつは泣きそうな声でいう。

「もう生きててもしょうがない。おれなんて、社会にも会社にもむいてない。居場所がないんだよ」

肩に手をおかれた。振りむくとマサルがいた。顔が真っ青。おれはいった。

「おまえはあいつの地元の先輩なんだろ」

「そうだけど……おれ、おれ」

「やつの名前は」

「藤本光毅《ふじもとみつき》」

「そうか」

おれは黄色い規制線をくぐった。メガホンをもった三十代の巡査にいう。

「すいません。飛びおりしようとしてる男の名前は藤本です。ここにあいつの仕事仲間で、地元の先輩がいるんですけど」

おれを見る警察官の視線は真剣だった。いくら繁華街の池袋勤務とはいえ、一生のうち何度飛びおりの現場を踏むことだろう。おれだって、この街でそんなものを目撃するのは初めてだ。巡査はマサルに声をかけた。

「きみ、こちらへきなさい」

マサルは八の字眉をさげたまま、規制線をくぐる。メガホンをさしだされると、青い顔がさらに青くなった。薄いブルーに着色したティッシュペーパーみたい。

「声かけをしてやってほしい。思いとどまらせるというより、なんとか時間を稼いでください。今、池袋署から救出班がこちらにむかっている」

おれを見て、マサルがいった。

「そんなこといわれても……どうしたらいいかわかんないすよ」

二十メートルばかり上空で、藤本が姿勢を変えた。一度立ちあがってから、手すりのうえにしゃがみこむ。やじ馬から地響きのようなため息が漏れた。

「なんでもいいから、やつに話しかけろ。地元の後輩なら思い出のひとつもあるだろ。藤本に考える余裕をやらなきゃなんでもいいんだ。あとは警察がなんとかしてくれる」

おれは緊張で顔をこわばらせた巡査を見た。うなずき返してくる。マサルがメガホンをとった。空にむかって叫ぶ。

「おれだー、マサルだ。ミツキ、きこえるか。ほんとにすまない」

おれはマサルのほうを見ていた。いきなり謝るのか、こいつ。

「おまえをＯＫに誘ったばかりに、こんなことになって。あのときは新人勧誘キャンペーン中で、おれもノルマに追われてたんだ」

藤本が泣き声でいう。

「マサルさんのせいじゃないっす。おれが仕事ができなくて、コミュ力がなくて、会社に適応できないダメ人間だったからです」

全部このまえ路地で憲兵にいわれたような話だった。

「ミツキ、会社なら無理しなくていい。辞めればいいじゃないか。死ぬことなんてないだろ」

「どこにいっても同じですよ。おれ、ＯＫにくるまえに百社以上受けたんです。正社員として雇ってくれたの、ここだけなんです。辞めたら、ほかにいき場がないっすよ。まだ入社して半年なのに。じいちゃんやばあちゃんになんていえばいいか」

藤本にたいした学歴があるようには見えなかった。筆記試験も苦手だろう。面接で大事だというコミュ力もたいしてないのかもしれない。藤本以外にも何百万人もいる正社員志望の若いやつらのことを考えた。いき場がない。この社会のなかに居場所がない。それはおれが久しく忘れていた感覚だった。

「うるせえな、ががたいってないでさっさと飛びおりろ」

やじ馬の男が叫んだ。荒《すさ》んだやつはどこにでもいる。おれは会社員風の男をにらんで叫んだ。

「自殺教唆か。ここに警察官いるぞ」

おびえた目でやつは黙りこむ。マサルにいった。

「なんでもいいから話し続けろ。池袋署なら近い。おまえの言葉にあいつの命がかかってるんだぞ。本気でやれ」

マサルがぐっと唇をかみしめた。

「ミツキ、覚えてるか。大宮でぶいぶいいわせてたころ。おれたち、チーム組んで池袋に遠征にきたよな」

藤本が泣き笑いの顔になった。

「ヘッド、覚えてます。あのころはよかったなあ」

おれも同じだけど、若いやつはみんなバカなので理由もなく、天下をとれると思いこむものだ。夢はいつか必ず破れるんだけどな。

「くだらないことばかりやってたな。おまえ、あたりがでるまでガリガリ君くい続けたことあったよな」

「ソーダ味二十七本くって、二時間便所にいました」

やじ馬の誰かがくすりと笑った。おれもつられて笑う。藤本は涙と鼻水を垂らしながら、笑っていた。

「あのころ池袋は夢だったもんな。遠征ではサンシャインのガードしたで、Gボーイズにぼこぼこにされたけど」

タカシと目をあわせないのは、そんないきさつがあったのか。誰にでも青春がある。農奴なみのブラック企業ワーカーでもな。マサルが急に真剣な顔になった。

「もう一回、おれとやり直してみないか」

「なにするんすか、ヘッド」

「わかんねえ、でもおまえがOK辞めるっていうなら、おれもいっしょに辞めるから。なにか考えよう。大宮にもどって、出直してもいいし。おまえはダメ人間なんかじゃない」

空のうえで藤本が非常階段をかかとで蹴りつけた。ばしんと音が鳴って、マサルが跳びあがりそうになった。藤本が泣き声でいう。

「ほんとにおれダメ人間じゃないんですか」

「ああ、おまえをダメだというやつは、おれがぶんなぐってやる。もう一度いっしょにやろう」

藤本が頭を抱えて吠えるように泣きだした。

「ヘッド、おれもう一度やり直したいです」

マサルの声は思い切り優しかった。

「おれたちはずっといっしょだ」

ようやく消防のレスキューと池袋署の応援がやってきた。バカでかいマットレスを運んでくる。防刃ベストを着た警察官が非常階段をあがっていく。あともうすこしだ。

「マサル、その調子だ」

マサルはおれと巡査にうなずくとメガホンにもどった。応援の警官が巡査に状況をきいている。西一番街の狭い路地が人であふれていた。人垣の後方に黄色いポロシャツ。無表情に藤本を見あげる男ふたりは、あの経営本部の憲兵だ。

マサルはちらりと男たちに目をやった。やつの目におびえが走る。卑屈そうに背が丸まった。上空で藤本がマサルを見て、憲兵を見た。藤本は泣きながら、笑って叫ぶ。

「すみません、ヘッド。おれはこれ以上仕事に感謝も感動もできません」

グラウンドの隅でうさぎ跳びでもやるように、しゃがんだままの格好から藤本がぴょんと飛んだ。やじ馬から悲鳴があがる。マットレスはようやく配置されたところだった。おれは全身を固くして、藤本の放物線を見つめることしかできなかった。

マサルが絶叫していた。

「ミツキー！」

黄色いポロシャツの上半身がマットレスで跳ねた。しかし位置がすこしずれていたようだ。下半身はそのままタイル敷きの路地にたたきつけられてしまう。上半身だけ反動で半回転して、藤本は肩から地面にクラッシュした。

救急車のサイレンがおれが生まれ育った西一番街を駆けてくる。赤い回転灯を見て、おれは気が遠くなりそうだった。マサルはまだメガホンのスイッチを切らずに叫んでいた。

「ミツキー！」

そいつはマサルがＯＫグループに勧誘した、地元の後輩の名前だ。

マットレスの横に倒れた藤本に救急隊員がむらがった。ストレッチャーにのせられ、救急車に回収されていく。おれはやじ馬のうしろを見た。ＯＫの憲兵ふたりがそっと姿を消していた。そのさらに後方、細い街灯のかげには池袋のガキの王・タカシが青い霜のように立っていた。おれにうなずくと、そのままふたりのガードとともに路地の奥に消える。

「きみ、名前はなんと……」

おれは自分の代わりに、まだメガホンをもっているマサルを警察官に押しだした。

「詳しいことはこいつにきいてくれ。おれはたまたまとおりかかっただけだから」

それだけいうと規制線をくぐり、やじ馬にまぎれてしまう。西一番街をおおきく一周してから自分の店にもどった。


その日の夕方のニュースでは、誰かがスマホで撮影した藤本の転落がどのチャンネルでも流れていた。もっとも上半身だけマットレスに落ちる直前にはカットされていたが。藤本は全身打撲で骨折していたが、命はとりとめたという。

藤本のニュースの直後には、若き企業の社長たちによる慈善事業のニュースが四十五秒。全国の児童養護施設にクリスマスのプレゼントをしたそうだ。おれは店頭のテレビを見ていて、皮肉にうなってしまった。

どこかの球団を買収したネット企業の創設者の肩越しに、大木啓介のキツネ面《づら》がのぞいたからだ。やつは自分の会社の若者が今日の午後、自殺未遂をしたことをしっているのだろうか。大木がアップになる。おれはそこで驚愕した。

大木啓介は涙ぐんでいたのだ。感謝と感動の経営理念で限界を超えるまで社員を働かせるこの男が、おもちゃでよろこぶ養護施設の子どもたちを見て泣いている。おれはやつの成育歴を思いだした。

両親を早く亡くした大木は幼いころ、板橋にある養護施設で育てられている。小学校高学年で親戚に引きとられたが、養父がまともに働かない家庭だった。冬なのに一枚のセーターだけで、コートや上着をもたずにすごしたとインタビューでこたえていた。

養護施設に手厚いプレゼントをするこの同じ男が、自分の書いた本（まあほとんどはゴーストだろうが）を三冊ずつ従業員に押しつけている。残業代も払わず、ときに連続で三日間のほぼ完徹作業をさせているのだ。

人はわからない。人の善悪なら、なおさらだ。


夜になっても、おれはせっせとフルーツを売り続けた。全力ダッシュじゃなく、自分の働くペースでな。十一時すぎ、そろそろ店を閉めようかというころ、マサルがやってきた。ぼんやりと店のまえに立つ。黄色いポロシャツは嵐のような一日のせいでよれよれ。おれと目があうと頭をさげる。

「今日はありがとうございました。おかげで、ミツキは助かりました」

いやいや違うだろ。おれは商売ものの王林《おうりん》をひとつやつに投げてやった。青いリンゴってきれいだもんな。

「マサルががんばったんだ。おれはなにもしてないよ。警察はなんだって」

「いろいろきかれましたが、会社のことは黙ってました」

自殺の理由についてきかれないはずがなかった。ＯＫの勤務体制と憲兵による追いこみが理由であるのは間違いない。だが、それをいってどうなるというものでもない。警察は民事不介入だからな。

「そうか。マサルはあの藤本といっしょにOK辞めるっていってたけど、どうするんだ」

「辞めるつもりです。でも、そのまえにたまってる残業代とか手あてを、ミツキの分までちゃんと受けとらなきゃ気がすまないっすよ。このままじゃやられっぱなしじゃないですか」

「そうだよな。いいんじゃないか。応援するぞ」

おれは藤本が飛びおりる直前の台詞を思いだしていた。これ以上仕事に感謝も感動もできません。だいたい感謝や感動は人に押しつけられるものじゃないよな。

「じゃあ、また。おれ、これから仕事なんで」

「もう十一時じゃないか。まだ仕事あるのか」

「ええ、明日の仕こみの当番なんです。辞めるまではちゃんと働かなきゃ、金とれないですから」

おれはマサルの背中を見送った。埼玉ではチームのヘッドだったOKグループの正社員。人の未来なんて誰にもわからないよな。


店を片づけているとスマホが鳴った。タカシからだ。

「おまえはマサルとしりあいだったのか。懐かしい顔で驚いた」

「そっちこそ、ちゃんといい場面には顔をだすんだな」

さすがに夜十一時になると、街からクリスマスソングは消えている。いかした静寂だ。ちょっと安易に音楽をつかいすぎるのは考えものだよな。

「Gボーイズの情報網をなめないほうがいい。そこで、もうひとつのネタだ。今夜の最終版のニュースを見ておけ」

なにをいっているのかわからない。だが、タカシがなにかをしろといったら、必ずそれには意味があるのだ。これだけ無駄なことが嫌いな王さまはいない。

「わかった。そっちはこれからOKどうするんだ」

「思案中だ」

「マサルはOKを辞めるつもりだ。働いた分の金だけもらったらな。今日飛びおりた後輩といっしょに」

しばらくタカシが黙った。シベリアにも春風が吹くこともある。

「マサルとやりあっていたころはよかった。未来がこんなふうになるなんて、あのころの自分には絶対にいいたくないいな」

めずらしくセンチな王さま。空だって飛べると思っていたおれは池袋西口の店番だ。藤本は正社員にせっかくなれたのに、実際に空を飛んで地面に激突した。

十年後、おまえは非常階段の八階から飛ぶよなんて、誰にもいえないよな。


コーヒーをのみながら、自分の部屋のテレビで最終版のニュースを見た。後半の関東ローカルのやつ。池袋西一番街で飛びおり。これは自分の目で見て、よくわかってる。映像は夕方のニュースのつかいまわしだった。

「続いて池袋からもう一件ニュースです」

中年の女性アナウンサーがカメラを見つめながらいう。

「今日の午後五時ごろ、池袋東口の路上で連続して、引ったくり事件が発生しました。襲われた被害者はどちらも高齢の女性で、警察は現場で目撃されたバイクにのった二人組の行方をおっています」

なるほど引ったくりか。不景気からこちら、とくにめずらしくもないネタだ。これがＯＫグループとからむとでもいうのだろうか。大木が介護と進学塾のつぎに、とうとう引ったくりまでスパルタ式に開業。おもしろいが、やつだってそこまで馬鹿じゃない。

その夜、おれは「韃靼人の踊り」をききながら、ゆったりと眠りに就いた。

おれの夢のなかでは誰もビルから飛びおりず、誰もサービス残業はしていなかった。目が覚めてがっかりする夢って、ほんとにあるよな。


つぎの朝、開いたばかりのうちの店のまえに、Ｇボーイズのメルセデスが停まった。スモークウインドウがおりて、タカシが手招きする。ぱんぱんに張った黒革の後部座席にのぼる。

「ニュース見たか」

「ああ、引ったくりがどうしたんだ」

タカシは窓をあげた。写真が二枚。どちらもスマホの写真をプリントアウトしたものだ。ひとりは坊主刈りの目の細い素朴な顔だち。もうひとりは今どきめずらしいリーゼント。

「引ったくりの犯人だ。どちらもうちのメンバーだった。いや、今もメンバーだ。警察よりも早くこいつらを見つけたい」

「なんでだよ。このふたりは越えちゃいけない一線を越えたんだろ」

タカシは凍えるようなため息をついた。

「おれにも責任がある」

なんにでも責任があるなんていっていたら、いつかタカシでさえ王の重圧に負けて倒れてしまう。

「なんでも背負いこむなよ。全部おまえのせいじゃないからな」

顔をあげて、じっとおれの目を見た。タカシの透明だが、やけに深い目。

「Gボーイズはメンバーの生活の面倒もそれなりに見てるんだ。写真のふたりはダンゴとヤス。夏ごろまではまだOKグループの悪い噂をきいてなくてな。おれが口をきいてふたりをOKグループにアルバイトとして送りこんだ」

くそっ、そういうことか。マサルと同じだ。働き口を見つけてやったのなら責任はある。とくにそこが地獄のような企業なら。

「だけど、おまえがアルバイトを紹介したのと、ふたりの引ったくりとどういう関係があるんだよ」

まったく別ものじゃないか。アルバイトと犯罪がおれにはまったく結びつかない。タカシは湯気さえ凍りつきそうな冷たい笑い声を吐いた。

「おれはしらなかったが、OKはとんでもない契約書をバイトと結ぶのさ。半年以内に辞める場合は、違約金を払うというものだ。ひとり頭八十万円。リクルートにかかった広告費用、面接や試験に必要な経費と人件費だという。時給九百円では払えるはずもない違約金だ」

金を絞りとれるところからは、アルバイトだろうが絞りとる。デフレ経済の優等生だ。

「バックレちまえばいいじゃないか。そんなもの払う必要のない金だ」

「おまえみたいに世のなかがわかるガキばかりじゃない。それにな、ＯＫは取り立てや荒事用に裏の部隊をもっている」

「裏の部隊？」

「ああ、逆らうやつは無理やり口を閉めさせる。どんな手をつかってもな」

だんだんと嫌な気分になってきた。養護施設におもちゃをプレゼントする大木啓介の目に浮かんだ涙。あれもただの芝居なのか。おれはうんざりしていった。

「そいつらは池袋の地元のやつらなのか」

タカシがこつこつと暗いガラス窓をたたいた。

「ちょっと暖房がききすぎている。さげてくれ」

Ｇボーイズの運転手が設定温度を二十度にした。アルバイトの不法な違約金とメルセデスの一台一千万円以上する高級車。格差ってこういうことだろうか。おれはどっちとも無関係なんだが、関心がないとはいえない。

タカシがいきなりいった。

「腐った五人」

前席の運転手と助手席のボディガードが居心地悪そうに身じろぎした。

「腐《ふ》ファイか」

どこのチームにも、当然Gボーイズにも属さない独立系の五人組だった。とにかくやり口が荒っぽい。生爪をはいだり、指を一本ずつ折るような拷問は、スパイ映画のなかでなら優雅なお遊びだが、腐ファイは実際にやったことがある。ネジが飛んでいるのだ。五人のうち、いつでも誰かが塀のむこうにいっているので有名だ。

「今は誰がいないんだよ」

「残念だが、めずらしく全員がそろっている。まあ、いい。そろそろ腐ファイとも決着をつける時期だろう。いつまでも池袋の街がルール無用のジャングルじゃないと、誰かがやつらに教えなきゃならない」

池袋ナンバーワンのブラック企業とアウトローのなかのアウトロー「腐ファイ」の五人組か。聖なるクリスマスまえに相手をするには、ちょっと手に負えそうにない気もする。だが、タカシがやるというなら、おれはどこまでもついていくだろう。

おれは王の臣下ではないが、友達だからな。


助手席のGボーイがスマホをいじっている。おれのほうでラインの着信音が鳴った。タカシがいう。

「腐ファイの名前と最新の顔写真だ。そいつはGボーイズ全員に流してある。マコトも気をつけろ。やつらと会ったら、まず逃げろ。すぐおれに通報しろ」

「わかった」
おれはスマホを抜いて、Ｇボーイズの指名手配書を見た。
山本雅紀《やまもとまさき》　リーダー、長身、あごひげ、両腕にタトゥ
津々木《つづき》喜朗《よしろう》　やせ型、ツーブロック、ナイフつかい
上岡恒美《かみおかつねみ》　筋肉バカ、パワーファイター、体重１００キロ超
鏡島《かがみしま》　鋼《こう》　日本拳法、マッハの正拳突き、小柄
公元達明《きみもとたつあき》　作戦担当、拷問係、生爪はぎ
写真の男たちはどれも夜道で会いたくないタイプ。というより心の一番外側が、その人間の見てくれというわけか。さすがにこの手の暴力バカとならべると、おれとタカシの顔は上品だ。
タカシがおれの顔をじっと見ていった。
「引ったくり犯の確保と腐ファイ対策、それにＯＫグループへの処罰。なんだか盛りだくさんになってきたな。マコトはいつからかかれる？」
「今日からでもいい。午後から、ちょっとあたってみるよ」
おれはマサルと藤本のふたりをテコに、ＯＫグループについて調べてみるつもりだった。腐ファイははっきりいって圏外。バイオレンスは得意じゃないからな。
「よし、頼んだぞ、マコト」
「ああクリスマスまでには片をつけよう」
なんとなくタカシと握手をしたくなったが、さしだした手を無視されるのが嫌でやめておいた。
おれはＲＶをおりて、店にもどった。

マサルがほうきをもってやってきたのは、Gボーイズのクルマが消えて、二十分後。

やつの顔つきは引き締まり、前日とは別人だった。目も光っている。

「朝イチで退職願だしてきました。おれは有給休暇とかたまってるから、来週から三週間休んで、OKとはおさらばです。マコトさんは池袋イチのトラブルシューターですよね」

なんというか、面とむかっていわれるとはずかしい単語だよな。

「アマチュアだけどな。それがどうした」

「いい弁護士しりませんか。おれの残業代と、ミツキの補償金、なんとか会社からとってやりたくて」

なるほど池袋の地域限定ブラック企業と本気で闘う気になったのだ。

「わかった。タカシのところにガキのトラブルに詳しい弁護士がいる。紹介してもらうよ」

「ありがとうございます」

OKカレーで鍛えた声が冬の朝の西一番街に響く。店できくのとは違って、こういうのはなかなかいいよな。

「藤本どうだって」

「脳震盪《のうしんとう》はもうだいじょうぶですって。足の骨折よりも一番ひどいのは、腰骨がばらばらになってることらしいです。容体が落ち着いたら手術して、チタンのネジだのワイヤーで、もう一度つなぎ直すんだって医者がいってました」

ぞっとする話だった。おれの声が自然にちいさくなった。

「また歩けるようになるのかな」

マサルの唇が引き締まる。目に力がはいった。泣くのか、こいつ。

「わかりません。あいつのおふくろさんやおやじさんに、なんていったらいいのか。OKの正社員に決まったとき、おふくろさんに泣きながら『やっとうちの子がまともに働く気になってくれた、ほんとにありがとう』っていわれたんです。それなのにあいつは……」

憲兵の退職強要にあって、腰骨がぐちゃぐちゃ。

「おれは今まで、なんでもOKのうえのやつらのいいなりだったから、これからはやつらの頭痛のタネになりますよ。ミツキの敵討《かたきう》ちです。マコトさんはコラム書いてますよね。どこかにミツキとおれの話をきいてくれるライターの人いませんか」

ひと晩で労働問題に目覚めたのか。闘う街頭清掃人。

「そっち系に詳しいライターなら、心あたりがある。ちょっと連絡とってみるわ。だけどマサル、あまり最初からやりすぎるなよ。OKのやつらも甘くない。おまえが会社にいる限り、どんな嫌がらせもできるんだからな」

「まかせてくださいよ。おれだって伊達《だて》に大宮でチームのヘッド張ってたわけじゃないですから。おれはやってやりますよ。くそっ、なんだこんなもん」

マサルはもっていたほうきを地面にたたきつけた。

「しってますか、マコトさん。大木社長、養護施設へのプレゼントだけでなく、今度アジアの恵まれない国に小学校を百校造るプロジェクトを立ちあげたんですよ。社員から絞りあげた金で、自分だけ善人ぶりやがって」

大木啓介、どんな男なのかおれは会ったことがないので、わからない。メディアをつうじての人物評はあまり信用しないようにしているのだ。

くだらない陰謀説は嫌いだが、情報操作というのはいくらでもできるものだからな。


その日は昼めしをくってから、部屋にこもった。白い紙を目のまえにおいて、今回のトラブルに登場する組織、人物を相関図に起こしていく。テレビ誌なんかによくあるよな。冬ドラマの主要キャラクター相関図。あんな感じ。

誰が味方で誰が敵か。どこを揺さぶれば、力関係に変化が生まれそうか。おれはいつも野性の勘とかで事件をはじけさせるようにいわれるが、ない頭で案外必死に考えているのだ。まあそいつがぜんぜん緻密じゃないのは確かだけどな。

でもそのへんのストリートで起きる事件は、三重に鍵がかかった密室で起きる完全犯罪を狙った殺人事件とは違うからな。おれの頭でもなんとか追いついていけるのだ。

夕方になって、労務問題を専門にやっているライターと電話で話をした。三十分ばかり話して、絶望的な気分になった。ひどいのはＯＫだけではないようだ。日本中の飲食店、介護サービス、学習塾、ＩＴ企業、訪問リフォーム、不動産販売、生命保険、エステティックサロン……あらゆる業種にブラック企業が根づいているという。

そいつは現代日本の文化のひとつといってもいいくらいだ。

現場の社員やバイトの限界を超えた尽力でなんとか支えられる企業。低価格、薄利多売の果てにいきついた生存法だ。黒いのは企業だけなんだろうか、もしかしたら、おれたちが暮らす社会全体が真っ黒になりつつあるのかもしれない。

人が生きていくうえで欠かせないものを削り、金に換えていく国。

ブラック大国ジャパン。


真夜中、スマホが鳴った。

おれはまだ眠らずに、机にむかっていた。小学生のころからつかってる学習机だ。着信はマサルから。午前中会ったときの目の光を思いだす。

「おー、どうした」

「……やられました」

声がざらざらになっている。十数時間で四十歳も老けたみたいだ。

「なにがあった」

「襲われました。うちの会社の寮の近く」

「今、どこにいる?」

「要町《かなめちょう》の病院す」

遠くで消防車のサイレンがきこえる。十二月の街はいつもやかましい。

「そうか、わかった。すぐにいく」

おふくろに声をかけて、三十秒で着替えた。すこし考えて、カメラとＩＣレコーダーをもっていく。階段を駆けおりて、西一番街の路上にでた。真夜中の風は頰を切るように冷たい。おれは西口五差路をめざして、障害物競走のように忘年会の酔っぱらいの集団を避けながら走った。

要町にある都立病院、正門は灯を落とし真っ暗。おれは一階裏手にある救急外来で谷口優に面会だといった。初老の警備員がゆく先を教えてくれる。首から入館証をさげて、暗い廊下を小走りですすんだ。

やつはカーテンで仕切られた集中治療室に寝かされていた。顔はきれいなままだが、肌がけのうえにだされた左腕は包帯でぐるぐる巻き。おれの顔を見ると青ざめた顔で笑い、痛みに顔をしかめる。

「いててて、てて。笑うとわき腹が痛いんす」

おれは壁に立てかけてあったパイプ椅子を開き、腰をおろした。ＩＣレコーダーをベッドにセットして、マサルの写真を撮った。やつは憮然として、レンズをにらんでいる。

「なにされた？」

「左腕を折られました。あとは左の肋骨を二本折られて、一本ひびはいってます」

「心あたりは？」

「わかんないす。黒い目だし帽かぶった三人組でした。やつら何度も繰り返して、おれにいいました」

マサルはぼんやりと白い病室のカーテンを見つめている。あごの横がぴくぴくと動き、歯ぎしりの音がきこえた。

「恩を仇《あだ》で返すやつは最低だ。恩を仇で返すやつは最低だ」

おれは返す言葉がなかった。マサルはその日の午前中ＯＫグループへ退職願をだしている。二人分の残業代と藤本の補償金を会社から絶対にとってやるといっていた。

やつらは早くもマサルを潰しにかかったのだろう。夕方のニュースで黄色いＯＫグループのポロシャツを着た藤本のジャンプが何度もオンエアされている。これ以上騒ぎがおおきくならないうちにもみ消したいのだ。敵もあせっている。

「そうか。くわしく話してくれないか」

「はい。マコトさんにちゃんと話したら、警察に被害届をだします。やられっ放しじゃ、おれもミツキも浮かばれないっす。くそっ」


マサルが例のようにサービス残業を終えて、ＯＫグループ本社の先にある寮に帰ったのは夜十時すぎ。駅から歩いて十五分も離れた北池袋の住宅街に人影はほとんどなかったという。クリスマスのにぎわいは池袋でも繁華街の中心部だけだ。あと寮までほんの数十メートルという薄暗い交差点で声をかけられた。

「谷口優だな」

電柱の陰からあらわれたのは目だし帽の男。マサルと変わらないくらい小柄だったという。マサルはひと言口にしようとした。

「それが……」

目だし帽のガキの動きは見えなかったという。気がつけば正拳突きがみぞおちに決まっていた。腹を抱えて、うずくまるマサルに目だし帽がいう。

「恩を仇で返すやつは最低だ」

別な男がやってきた。今度は最初の目だし帽の倍くらいのサイズ。そいつがマサルを抱えて近くのコインパーキングに運んでいく。小型犬でも抱くように。そこにいたのは三人目。ワンボックスカーの陰に寝かされたマサルは小柄なガキに左腕を伸ばされた。

三人目がわき腹をしつこくサッカーボールキックで蹴り始めた。こいつも目だし帽をかぶって顔ははっきりとはわからない。それでもひとつだけ確かなことがあった。やつが笑いながら、マサルを蹴り、肋骨を折ったことだ。

「恩を仇で返すなんて、人間のすることじゃない」

そういっては笑いながら蹴る。マサルは声もだせなかった。人は突発的に嵐のような暴力に遭うと、たいていは思考停止するものだ。腕を押さえていた小柄なガキがいった。

「ツネ、腕踏め」

自分の体重の倍はありそうな巨漢が足を高々とあげた。マサルは叫ぶ。

「やめてくれ!」

岩のような黒いブーツが落ちてきたのは、マサルの左腕ひじから五センチばかりの部位。骨が折れる音がはっきりききこえたそうだ。絶叫するマサルの頬をたたいて、小柄な目だし帽がいった。

「よく覚えておけ。恩を仇で返す人間は最低だ。まだおまえが最低のことをやるなら、また何度でも教訓をあたえにくるぞ」

鼻水と涙でマサルの声はどろどろ。

「おれがなにしたんだよ。最低って、なんなんだ」

三人目がにやにやしながらいう。

「そいつは自分で考えろ。おまえは最近、恩を仇で返したことはないか。おまけだ」

足をひいて、もう一発サッカーボールキック。また骨が折れる感覚。やつらはそのままあせることもなく、普通に歩いて現場を離れた。そのあいだは、ほんの二分くらい。ななめにかたむいたアスファルトの駐車場が最後に見える。マサルはそこで気を失った。


目を覚ましたマサルは自力で救急車を呼び、この病院にたどりついた。

「そういうことか……」

おれはスマホをとりだし、Gボーイズから送られた池袋の腐った五人「腐ファイ」の映像を見せてやる。

「最初の突きは、たぶんこいつ」

小柄な日本拳法つかいだ。鏡島鋼。マサルはじっと鏡島の写真を見て、首を横に振った。

「わからない」

「いいんだ。で、おまえをコインパーキングに運んだのが、たぶんこいつ。ツネと呼ばれてたのは間違いないよな」

左腕を踏みつけて折ったとはいえなかった。マサルはうなずく。静かにいった。

「ああ、こいつ上岡恒美っていうのか。つぎに会ったら、殺してやる」

「やめとけ。腐ファイは今、Gボーイズの的になってる。おまえがやらなくても、長いことはない」

おれはそこで考えた。今ならマサルの証言をいじることはできる。Gボーイズだけでなく、警察からも腐ファイを追わせたほうがいいだろう。

「マサル、おまえは三人の顔を見たことにしておけ。おまえはタカシの友人で、Gボーイズともつながりがある。これからおまえのスマホにこの映像を送るから、刑事にきかれたら見せてやれ。正直に見たままを話す必要はないからな。池袋署の刑事なら、みなタカシのことはしっている。あそこには腐ファイの五人の分厚いファイルもあるしな」

うまく腐った五人が池袋の街から排除されるなら、警察でもGボーイズでもかまわなかった。

おれは店からもってきた青いりんごをひとつマサルのベッドのうえにおいて、病室を離れた。


帰り道、タカシに連絡をいれた。マサルが襲われた。相手は腐ファイ。マサルの証言を変えて、あの五人が警察に追われるようにした。

「おまえのところに刑事から確認の電話がくるかもしれない。そのときはマサルを友人だといってやってくれ」

十二月の池袋の北風よりクールな声で、タカシがいう。

「ああ、わかった。マサルは友人だ。もう十年も昔から。おまえ、おれに気をつかったな」

別な救急車がサイレンを鳴らしながら、西口五差路を駆け抜けていく。

「いや、そんなつもりはない」

「警察を介入させるのは、おれのところと腐ファイが正面からぶつかるのを避けるためだろう」

まあ、そういう気分もあった。Ｇボーイズやタカシにケガをさせたくないし、腐ファイのようなクズでも殺させたくはない。タカシは本気になるとどこまでも残酷になれる氷の王だ。

「どうかな。でも、あんなやつらのためにＧボーイズが犠牲になることもないだろ」

暖冬とはいえ、さすがに吐く息が白かった。五差路のマルイのクリスマスイルミネーションも、真夜中をすぎて灯を消している。淋しい街の空を見あげたが、地上が明るすぎて星は見えなかった。タカシがいきなりいった。

「マコトはクリスマス、どうするんだ?」

おれんとこではいつもおふくろといっしょにふたりで祝う。鶏もものローストとイチゴのケーキが定番だ。

「うちでやるけど」

「おふくろさんといっしょか」

タカシのおふくろさんは病気で亡くなっている。やつが高校生のころだ。父親を早くに亡くし、兄を亡くし、池袋のキングは天涯孤独だった。おれはちょっと声をさげた。

「そうだけど」

「じゃあ、おまえのところにすこし参加しようかな」

クリスマスのタカシの時間はでたらめに貴重なはずだった。Gボーイズの王として、あちこちのチームのパーティにちょっとずつ顔をだし、真夜中すぎまではしごする。タカシは多忙な外交官でもある。驚いた。池袋中の女たちから嫉妬される。

「時間あるのか」

「ああ、今回の件が片づいたらな。おまえとも話があるし、おふくろさんに日頃のお礼もいいたい」

「わかった。おふくろにいっておく。引ったくりのふたりのゆくえはなにかつかめたか」

「いいや。あいつらもどこかに潜っている。腐ファイといっしょに捜索中だ」

信号が青に変わった。おれは五差路の幅の広いゼブラゾーンを歩きだす。黒いアスファルトの川をわたる橋のようだ。

「了解。おれたち、いつまでこんな街のトラブルに首をつっこんでいくのかな。なんだか疲れたよ」

生まれ育った池袋の街も年々冷たく残酷になっていくようだ。そこで起きるトラブルにも心をかよわせにくくなっている。シンパシーが不可能な事件ばかり。ＯＫのようなブラック企業に、腐ファイのように壊れた粗暴犯。そういえば人がビルから飛びおりる瞬間を目撃したばかりだ。

タカシがぱらぱらと降る雹《ひょう》のような乾いた笑いをこぼす。

「そうかな、マコトはそんなことをいいながら、いつも案外たのしそうだけどな。この街も生きていて、もがいているから事件も起きる。おれは池袋は悪くなってはいないと思う。ただ変わっていくだけだ」

胸をつかれた。

「そうか、ただ変わっていくだけか」

王の声は揺るぎない。

「ああ、ＯＫをはめる手をちゃんと考えといてくれ。明日から動くぞ」

通話を切り、空を見あげた。さっきまでより宇宙の暗黒もそう冷たくないように思えた。おれの肉眼では見つけられないが、星も無数に輝いているのだろう。おれは部屋にもどって寝ることにした。いいアイディアにはいい睡眠が一番だ。


だが、おれが眠っているあいだにこの街で、静かに死んでいった人間がいたのだ。

遺体を発見したのは新聞配達のアルバイトだったという。場所は滝野川の十二階建てマンションの駐輪場だ。飛びおりたのは、ＯＫガレットで働く嶋津千枝さん（25歳）。死後数時間経過しており、即死だったとみられる。嶋津さんは仕事のことで悩んでいた様子だったという。

藤本は自殺に失敗し、ぎりぎりで二十歳になっていなかった。やつの名は流れていない。しかし嶋津千枝は飛びおりに残念ながら成功し、名前が世のなかに漏れてしまった。皮肉なものだ。同じＯＫグループの黄色いポロシャツを着ていたんだが。

自殺にはインフルエンザなみの伝染性がある。ウェルテル効果ってやつだ。だいぶ昔の話になるがあるアイドル歌手が自殺したあと、全国で三十件を超える後追いがあったという。そのときの手口はみなで申しあわせたように飛びおり。藤本の自殺未遂事件がＯＫグループのなかで伝染したのだ。

おれがその事件をしったのは、スマホのネットニュースだった。布団のなかですぐにマサルに電話をいれる。

「なんすか、マコトさん。刑事には腐ファイの話しときましたよ。あの写真にはおおよろこびでした」

凶悪そうな五人の指名手配写真だった。マサルの声は朝からはっきりとしていた。病院の朝は早いのだろう。おれのほうは九時過ぎでも、まだ寝ぼけ眼《まなこ》。

「藤本には連絡つくか？」

「つきますよ。この病院のうえの階に入院してますから」

考えてみると駅の西側の救急患者はたいていそこに運ばれる。

「だったら、すぐに電話するか、顔を見にいってやってくれ」

「なにかあったんすか」

「藤本の後追いがでた。今朝早く発見された。ＯＫガレットの女店員らしい。藤本とは違って、命を落とした。やつの精神状態は不安定だろ。誰かが近くにいてやったほうがいい。あいつのせいじゃないって、いってやってくれ」

そんな言葉に効果があるかはわからない。だが、マサルが張りついていれば、もう一度藤本が病院の屋上からチャレンジすることだけは防げるだろう。マサルの泣き声がきこえた。

「なんなんだよ、くそっ」

なにもいわずに電話を切ると、おれは服を着て、朝めしを片づけた。味はまったくわからない。なんだか宇宙食でもくってる気分。

午後になるとネットが冬のアリューシャン低気圧の勢いで炎上し始めた。

無理もない。同じグループで働く若者がふたり連続で、飛びおり自殺を図ったのだ。ひとりは失敗し、ひとりは成功したが、どちらも仕事のことで深く悩んでいた。ＯＫグループのブラックさについて、数十のスレッドが立ちあがった。

もちろんネットの書きこみだから、すべてが真実とは限らない。だが、なかには経験者でなくては書けないような驚きの事実がいくつもならんでいた。

あの規模の地域企業がすでに数十名の心療内科への通院社員を生んでいること。

自殺未遂はこの三年間で、十件近くにのぼること。

そのうちの半数がＯＫグループの憲兵に照準をつけられ、強烈な退職強要を受けていたこと。

おれは店の奥のテーブルにパソコンを開き、ひとつひとつメモをとっていった。おふくろがいう。

「あんたが高校のころに、それくらい勉強する気があればね。うちの父さんの夢だった大学にもちゃんといけたかもしれないのに」

おれはディスプレイから顔をあげた。そこには自殺した嶋津千枝の学生時代の写真が映しだされている。

「大学をでて伸び盛りの企業に就職しても、三年で死んじまうこともある。高卒の店番とどっちがいいかわからないけどな」

正社員になれる確率は半々。デフレ不景気を抜けられない日本では正社員もアルバイトも軒なみブラック化を起こしている。嶋津千枝は大学では優秀だったそうだ。ネット民によって、出身大学の学部、学生時代の成績と所属したクラブ、すべてがさらされていた。

おふくろがちらりと画面に目をやった。

「亡くなったのはその子かい。おまえ、このまえの飛びおりについても動いているんだろ。タカシくんにきいたよ」

おれは別なニュースサイトに飛んだ。新しいヘッドラインが浮かんでいる。

「自殺したOK社員の母、今夕涙の告発」

となりには笑顔で慈善活動をする大木啓介のオールバックのキツネ面。おふくろがいった。

「気にくわない顔だね。ちょっとは見どころがあると思ったあたしがバカだった。男はやっぱり全部顔にでるんだね。マコト、そいつをこの街からよそに放りだせないのかい」

おふくろの目を見た。タカシや腐ファイよりもおっかない。ぎらぎらと怒りが燃えている。

「わかってる。今日から全力でとりかかるさ。店のほうはちょっと頼んでいいか」

おふくろは渋い顔をした。着ているダウンジャケットはタカシと同じモンクレール。十万以上する高級品だ。おれのはユニクロかGAPなのに。

「わかったよ。でも店じまいまでには帰ってくるんだよ」

お墨つきをもらった。これで店番から解放される。やっぱりタカシのいうとおり、街の事件っていいかもしれない。マスクメロンを売るよりは退屈しないからな。

その日の午後は、地道な取材活動を続けた。タカシから紹介されたＯＫグループの現役や元社員やアルバイトに話をきいてまわったのだ。とくに新しい情報はなかったけれど、ネットに落ちている反吐《へど》がでそうな書きこみの裏はだいぶとれた。

大木啓介のやり口は、たいていの飲食系ブラック企業と変わらなかった。大量採用により確保した社員やバイトを徹底的に洗脳し、自己犠牲を強《し》いる。洗脳に応じない者は、憲兵をつかって強制的に退職させる。社員がなにも考えないように、昇格試験を二カ月に一回実施する。試験問題はすべて大木啓介のビジネス書から出題される。個人崇拝による権力の一極集中化と絶対化だ。東アジア的な労働観というか、政治観というか、経済観というか、おれたち日本人にはおなじみのやり口。

違っているのは影の暴力組織として、腐った五人をつかっていることだろう。異分子や組合活動潰しに、やつらは動いているようだ。恩を仇で返すやつは最低だ。マサルがいっていたのは、腐ファイの合言葉のようなもので、あちこちの現場に残されているそうだ。

おれが六人目の面接対象との話を終えたのは、午後四時。場所は東池袋のファミレスだった。ちょうど嶋津千枝の母親の会見の生中継が始まる時間だった。地上波のテレビのワイドショーでも放送はあるが、ネットテレビのほうがＣＭがはいらない。ファミレスのなかはＷｉ－Ｆｉが飛んでいるので、そのままスマホで見ることにした。

場所は池袋のどこかにある法律事務所のパーティションのまえだった。ハンカチを握りしめた母親は黒のスーツ姿。胸には嶋津千枝の写真を抱えている。黄色いポロシャツを着た笑顔の遺影だ。記者が質問した。

「千枝さんが亡くなるまでの一カ月間に二百時間を超える残業をしていたというのは、ほんとうですか」

母親がビジネス手帳のようなものをかかげた。

「娘は几帳面だったので、毎日残業時間を記録していました。残業代のつかないサービス残業の時間は計二百十二時間です」

となりに座る中年の弁護士がいった。

「明らかな労働基準法違反で、ＯＫグループの過酷な勤務体制が、嶋津千枝さんの悲惨な事件を生んだのです。今回の件は自殺ではなく、過労死として労災認定を争うつもりです。つい先日、ＯＫカレーで働く青年が池袋で飛びおりの自殺未遂を起こしました。もうこれ以上、犠牲者をだすわけにはいきません」

ガキのころからおふくろとふたり暮らしのせいだろうか。おれは母親ほどの年の女の涙に弱かった。嶋津千枝の母親は決して涙を落とさぬように、せわしないくらい何度もハンカチをつかっている。

ネットニュースの最下段に新しいヘッドラインが流れていく。新しい朝の流行はグリーンスムージー、ＪＲ山手線で架線事故四万人に影響、ＯＫグループ社長緊急記者会見。

嶋津千枝の母親の記者会見は続いていたが、おれは活字のほうのニュース画面に飛んだ。

大木啓介は池袋のホテルメトロポリタンで、嶋津千枝の母親の会見を受けて午後六時から緊急記者会見を開くという。

おれはコラムを書いているストリート誌に電話をいれた。若い編集者がでるといった。

「真島だけど、編集長いる？」

「今、会議でちょっと無理っす」

こいつの話しかたはなぜかマサルに似ていた。無理もない。大卒ではあるが、右手の上腕と左足の足首にはトライバル模様のタトゥをいれた編集だ。

「マコトさん、今すげー池袋おもしろいですね。おれ、飛びおりとか大好きで」

ダークなネタならなんでもこいなやつだった。

「その件で、ちょっと動いてほしいんだ。記者会見場に潜りこめるようにそっちの出版社の名前で取材申しこみをしておいてもらえないか。おれ、大木啓介の顔を見ておきたくてさ」

「わかったっす。ぜひうちのコラムで、あのクソ野郎のことたたきのめしてくださいよ」

こいつもう酔ってるのか。

「ああ、いつかな。よろしく頼む、おれは直接現場にいくから」

「そうだ、マコトさん、うちからは誰もいかないんで、カメラもっていってくれますか」

それなら一度家にもどって、デジカメをとってきたほうがいいだろう。

「写真のギャラはでるのか」

「雑誌に掲載されるくらいの出来なら、当然お支払いします」

金の話になったらいきなりていねいな言葉づかいになった。変なやつ。

おれは東池袋からびっくりガードをくぐって、ホテルメトロポリタンにむかった。途中で歩きながら電話をかける。ちょっとおもしろいことを考えたのだ。まずは入院中のマサルだった。

「藤本の様子はどうだ？」

「落ちこんでますが、また飛ぶ心配はないっす。あいつベッドからひとりでおりられませんから。ここ病室の窓は開かないようになってますし」

「そうか。マサルは動けるよな」

「走らなければだいじょぶっす。あとは笑うのが地味に肋骨痛いかな」

「ははは、じゃあ西口のホテルメトロポリタンにでてこられるか。大木啓介が緊急の記者会見を開く」

おれは腕時計を見た。あと五十分だ。マサルが息をのんだのが電話越しにわかった。

「マサルのケガを見せて、腐ファイについて揺さぶってみたい。大木本人の関与もふくめてな。くるか」

「もちろんです。大木のやつ、ふざけやがって。すぐに着替えますから」

「じゃあ、三十分後にロビーでな」

切ると同時につぎの番号を選ぶ。池袋の王さま、タカシ。とりつぎがでたと思って、軽口をきいた。

「マコトだ。さっさとキングをだせ。おれは秘書と話すほどひまじゃない」

「ご活躍だな、マコト」

日陰の軒したにさがったつららのようなタカシの声。

「ああ、おまえか。ちゃんととりつぎをとおせよ。これから大木啓介の記者会見にいってくる。マサルを直接対面させて、本丸に揺さぶりをかけてみるつもりだ。例の引ったくりのゆくえはどうなってる?」

「捜索中だ。友人関係をあたって、立ち寄り先は全部潰したが、まだ見つからない。大木の件でいそがしいと思うが、マコトのほうでも気にかけといてくれ」

池袋の街は狭いようで広い。隠れる気になれば、いくらでも場所はあるだろう。元OKグループのアルバイトふたりは、この街で生まれ育っている。ジャングルのなかに秘密の隠れ家をいくつか確保しているはずだった。


ホテルの宴会場の入口で、おれは雑誌名のはいった名刺をわたし、入場のパスをもらった。マサルの首にはデジタルカメラをかけておく。おれたちは定刻の十五分まえには、三列目の中央に席をとった。椅子の数は百五十ほど。後列にはずらりとビデオカメラの三脚がならんでいる。

OKグループの黄色いロゴを背景に大木啓介社長が壇上にあがった。左右に黒いスーツの男。右のほうを見て、マサルがいった。

「あいつが社長室長の根本《ねもと》です。誰もそんな名前じゃ呼んでないっすけど」

おれはデジカメで三人そろって頭をさげる男たちを撮影していた。見慣れた光景だよな。左側はちょっと雰囲気が違うようだ。弁護士かもしれない。

「へえ、なんて呼んでるんだ」

「隊長っす。憲兵隊の隊長」

大木啓介が腰をおろした。顔には笑みが浮かんでいる。余裕だ。

「おいそがしいなか、ＯＫグループの会見においでいただいて、誠にありがとうございます。亡くなった当社の社員、嶋津千枝さんのご冥福を謹《つつし》んで祈りたいと思います。また先日自殺未遂事件を起こしたＦさんの一日も早い快復と現場復帰を期待します。不幸な事件が続きましたが、わがＯＫグループの社員の勤務状況には違法性はなかったと考えています。原因は会社のほうではなく、社員側の個人的な問題であります。わが社が……その、ブラック企業ではないかという根拠のない噂が流れておりますが、うちで毎日元気よく働く従業員の名誉のためにも声を大にしていっておきます」

大木啓介の日に焼けたキツネ面で笑顔が最大になった。

「うちはいい会社ですよ」

おれのとなりでマサルが舌打ちした。

「続いて、わが社のアジアプロジェクトのご説明に移らせていただきます」

黄色いポロシャツの憲兵がホワイトボードを搬入した。

「来年度、ＯＫカレーとＯＫラーメンがフィリピン、インドネシア、タイの三カ国に展開する予定です。チェーン展開だけでなく、現地での慈善活動にも力をいれていきます。まず最初にインドネシア・ジャカルタ郊外にエアコンつきの小学校を建設します。この学校の名前は嶋津小学校とする予定であります。働くことで周囲を幸福にし、自らも豊かになる。わが社の方針に沿って働き、志なかばで亡くなられた嶋津千枝さんのメモリアルです」

あきれた。社員の自殺を美談にして、自社ＰＲに利用している。ＯＫグループのアジア展開について、それから十二分間の説明が続いた。嶋津千枝の自殺についてはほんの数十秒。大木啓介にとっては、社員が死んでもちょっとした宣伝の機会なのだろう。

社長の話が終わって、質疑応答に移った。おれは最初から手をあげたが、なかなかあたらなかった。一番手はきいたことのない業界紙の記者。

「嶋津さんの名を冠した学校建設というのは素晴らしいアイディアですが、ご遺族のかたから了承はとれたのでしょうか」

大木に代わって、髪をぺたりとなでつけた憲兵隊長がこたえた。

「ご了解はこれからですが、必ずよろこんでいただけると思います」

つぎは大手新聞社。

「先ほどの嶋津さんの記者会見から、続けてこちらにきました。ずいぶんと温度差があるようですね。千枝さんの母親は過重労働によって娘は自殺に追いこまれた。責任はＯＫグループと大木社長にあるとおっしゃっていますが、どうお考えですか」

大木啓介を押さえて、弁護士が先にこたえる。

「そのあたりは告発状を読んでみないと、デリケートな問題なのでなんともおこたえできません」

かぶせるように大木がいった。

「感謝して働くことは素晴らしいんですよ。現にほかの社員はみながんばって働いて幸せになっています。嶋津さんは残念ながら心に弱いところがあった。社員の自殺について、すべての雇用主が責任を問われるわけじゃありませんよね。わたしはＯＫグループの経営については自信をもっています」

「ですが亡くなる直前の一カ月、千枝さんは睡眠時間が平均で四時間くらいですよね。ＯＫグループは深夜のタクシー帰宅も認めませんし、ほぼ店舗に泊まりこみになっていた」

隊長がさえぎった。

「質問はおひとりひとつに限らせていただきます」

そこからは嶋津千枝の勤務状態についての質問が続いたが、他の社員の迷惑になるとか、法廷で明らかにするとか、大木と弁護士は正面からこたえずに逃げ続けた。予定の一時間がすぎようとしたところで、ようやくおれに順番がまわってきた。まあ、ジーンズにユニクロのダウンの記者を指名しようとは、おれだって思わないけどね。


「『ストリートビート』の真島です。ここにＯＫグループに退職願をだした人間がいます」

おれはマサルのわき腹を突いた。当然、肋骨の折れていない右側だ。マサルは立ちあがる。

記者たちがざわざわとし始めた。

「先日ＯＫカレー一号店がある雑居ビルから飛びおりたＦくんの地元の先輩で、Ｆくんをこの会社に誘ったのも彼です。名前は谷口優くん。谷口くんはＦくんへの補償金とＦくんと自分の分の残業代の支払いを求めて闘っています」

　首からつられた左腕が生々しかった。マサルは壇上の大木をにらみつけている。フラッシュの嵐がマサルを襲った。

「昨日の夜、何者かが谷口くんを襲撃しました。襲撃者は三人組で、左腕を折り、肋骨を二本折っています。何度も犯人はいっていたそうです。恩を仇で返すやつは最低だ」

　記者会見場が騒然とした。

「この事件について谷口くんは、池袋署に被害届をだしています。ＯＫグループのなかでは噂があるそうですね。どうしてもいうことをきかない社員、辞めさせたい社員はなぜか正体不明の暴漢に襲われてケガをする。会社が雇ったギャングじゃないのか。そのギャングの名前は、池袋の少年たちのあいだでは腐った五人、略して腐ファイと呼ばれている」

　マサルが包帯につつまれた左腕をあげた。近くに座る記者たちのフラッシュで、目を開けていられないくらい。ステージのうえでは、憲兵隊長と大木社長が腰を浮かせていた。隊長の根本が叫んだ。

「谷口くん、退職願が受理されていないうちは、きみはＯＫグループの社員なんだぞ。なぜ敵を利するような行動をとるんだ。だいたい腐ファイなんて連中の名はきいたことがない。いいがかりもいいところだ」

　大木社長の目は充血し、唇が震えていた。腐ファイについて直接しっていたのかは、わからない。だが裏のからくりについて報告は受けていたはずだ。驚きというよりも、記者会見がまずいほうに転んだ。それであわてている表情である。

最後におれは座ったままいった。

「別に返事はいりません。そのうち警察がそちらに話をききにいくでしょうから、事情はそこで話してください」

おれはマサルの袖を引いて座らせた。耳元でいう。

「すぐには帰れないぞ。マサルも緊急の記者会見に引っぱりだされる。そこの廊下のソファでだけどな。おれは店に帰るから、適当にあしらっておいてくれ。Gボーイズのことはなるべく伏せてな」

マサルの目も大木社長に負けないほど赤くなっていた。

「最後の質問がなくなるまで、すべてほんとうのことをこたえますよ。病院にもどっても寝るだけっすから」

さっきのタカシとの電話を思いだして、きいてみる。

「そういえば、藤本はダンゴとヤスってアルバイトしらないかな」

連続引ったくりの犯人だ。まあアルバイトを辞める際の違約金八十万を稼ぐためという哀れな理由なんだがな。さすがのGボーイズでも入院中の藤本にまではあたっていないだろう。

「ああ、そいつらの名前はよくあがってました。研修のとき同期だったって。一週間調理の基礎だけ教わって、落下傘で店にいくんで形だけですけどね」

「わかった。明日、話をききにいくと伝えてくれ。おまえもつきあってくれよ」

「ういっす」

毎朝ポロシャツ一枚で西一番街を清掃していたときには、小柄でしなびたようなガキだったが、今のマサルは別人だった。やる気と気合がみなぎっている。感謝と感動もいいが、復讐と反撃も人を勇気づけるよな。


残念ながら、その夜第三の引ったくり事件が発生した。

ふたり組の男が盗んだ原付バイクで、自転車のまえかごからハンドバッグを追い抜きざまさらった。自転車にのっていたのは帰宅中の六十代の女性で、藤本と同じように腰骨を骨折して全治二カ月の重傷だという。

このニュースはネットではなく、タカシからの電話できいた。

ついでにダンゴとヤスの本名も。高橋健司《たかはしけんじ》と伊勢崎靖男《いせざきやすお》。

おれは明日午前中から、要町の都立病院にいき、藤本からなにか引きだせないかきいてくるとタカシにいった。

「よろしく頼む。あの記者会見、なかなか傑作だったな。ネットで見たぞ。マサルに伝えておいてくれ。よくやったとな。あいつが望むなら、Gボーイズによろこんで迎えると」

キング本人からの勧誘などめったにない名誉である。まあ、昔おれはつぎのキングになれといわれたことがあるけどな。

つぎの朝は冷たい雨がふる嫌な天気。

パウダースノーのように細かな雨粒が舞い、歩いているうちに気がつくとびしょ濡れになるパターンだ。おれは傘が嫌いなので、ゴアテックスのパーカーを着て要町にむかった。

マサルの病室からエレベーターで三階あがると藤本の病室だった。

四人部屋の窓際、おれとマサルはカーテンを引き、パイプ椅子に座った。

藤本は下半身はがっちりと固定され、身動きもできないようだが、上半身は自由に動かせる。おれはやつに店からもってきたりんごをやった。

「おれ、おまえがあんなことをやった前日に、店の横の路地で憲兵につるしあげられてるとこ見たんだよ。うちの会社にむいてない、辞めろって」

「そうでしたか……」

藤本がうつむいたままいった。

「したから叫んだの、きこえたか」

「はい。ちゃんと。うえからだと、誰がなにいってるのか、すげえよくきこえるんですよ。早く飛べとか」

八階の非常階段から見る西一番街はどんな景色だろう。薄汚れた街に、好奇心丸だしのやじ馬、警察の規制線。おれはいった。

「なんであんなことやろうと思ったんだ?」

藤本が笑顔になった。空っぽのなにもない笑顔だ。

「おれ、あの日の直前まで死のうなんて、ぜんぜん考えてもいなかった。でも店で皿洗いをやってるときに、ふと思ったんです。おれは誰でもいいから会社に採用されて、邪魔になったからただ辞めさせられる。会社からしたら辞めるのも誰でもいいんだなと思ったんです。おれは誰でもいい人間なんだ。この先もずっと」

ひとりの人としてあつかわれない。認められない。口でいうのはカンタンだが、そいつはでために人の心を傷つけることだった。おれたちのまわりには、経済の原理だけで人を切る空気ができていないか。あんたやおれは誰でもいい人間なのだろうか。藤本はぼんやりといった。

「気がついたら、エプロンを脱いで丸めて、非常階段をのぼっていました。誰でもいい人間なら、死んでも死ななくてもどっちでもいい。手すりに座って足をぶらぶらさせてるときは、なんか変に気もちよかったな」

おれにはなにもいうことなんてなかった。自分が誰でもいいかどうかは、藤本自身がこの先の一生をかけて見つけるこたえだ。マサルがいった。

「おれはおまえのことをガキのころからずっとしってる。ミツキが誰でもいいやつだなんて、ぜんぜん思わないぞ。おまえの母ちゃんもオヤジさんもな。おれといっしょにＯＫグループと闘わないか。弁護士はＧボーイズが紹介してくれた」

藤本は空っぽの笑顔のままいった。

「どうでもいいけど、マサルさんについていきますよ。それ腐ファイにやられたんですよね。くそっ、大木のやつぶっ殺せないかな」

おれはいった。

「できるんじゃないか」

藤本の目がその日初めて光った。

「Gボーイズで襲撃するんですか」

「いや、OKグループを潰せるなら、大木は社会的には死んだも同然だ。おれたちはこれからそいつをやる」

「わかりました。おれでよければ手伝います。嶋津さんの弔《とむら》い合戦もあるから。この病院からでたら、真っ先にあの人のとこいって、線香あげるつもりなんです。おれのせいで……」

藤本の顔がくしゃくしゃになった。おれは目をそらして、病院のヘッドボードを見た。壁には酸素のバルブと意味のわからないスイッチがたくさん。

「ところでさ、ダンゴとヤスってしってるか」

あわてて涙をぬぐって、藤本はいった。

「同期っす。あいつらバイト辞めたんじゃなかったかな」

おれはマサルの顔を見てから、藤本を見た。

「三日前の夕方と昨日の夜、東池袋で引ったくり事件があった。Gボーイズの情報ではダンゴとヤスがやったらしい。あいつらバイトを辞めるときに違約金を請求されてたんだ。ひとり八十万。やつらに追いこみをかけてるのは、腐ファイだって話だ」

藤本がなにか考える顔になった。黙りこんでしまう。マサルがいった。

「あのふたりに引ったくりを続けさせるわけにはいかないだろ。どんどん罪が重くなるんだぞ。

金だって全部ＯＫと腐ファイに流れておしまいだ。罪をかぶるのは、ダンゴとヤスだ」

かすれた声はほとんどききとれないほど細かった。

「でも、おれが売ったら……」

こいつはふたりのベースをしっている。確信した。

「絶対に悪いようにはしない。キングとかけあって、やつらに弁護士をつけて自首させるよ。タカシはＧボーイズのメンバーは身体を張って守るからな。罪は罪だが、違約金の話もあるから、そう重くなるとは思わない」

藤本はおれをじっと見ていった。

「それ、キング本人の口から約束してもらえますか」

「ああ、待ってろ」


病院では基本、携帯電話の使用は禁止。

でも実質的には誰もがつかいたい放題だ。おれは廊下にでて、電話をかけた。タカシに事情を説明して、確約をとる。通話状態のまま病室にもどった。藤本にスマホをわたした。

「ダンゴとヤスのこと、できる限り守ってもらえますよね」

タカシの冷たい声がおれたちにもきこえた。

「Ｇボーイズのキングの名にかけて、このおれが約束する」

ＯＫグループの大木社長と池袋のキング・タカシ。どっちが信用に値するか、いうまでもないよな。世のなかの社長がみんなタカシみたいならいいんだが。スマホがもどってきた。

　藤本の顔は晴ればれしている。

「ダンゴとヤスはおれのアパートにいます。鍵をわたしたから、今もそこで暮らしてるはずです。入院してからラインでしかやりとりしてないけど」

　ビンゴだ。なぜかGボーイズよりも警察よりも先に、引ったくり犯を発見した。

　藤本のアパートは中丸町。この病院から一キロも離れていなかった。

「ありがとな。ダンゴとヤスにつぎの事件は起こさせない」

「はい、よろしくお願いします。あの……」

　おれは濡れたパーカーに袖をとおすところだった。

「なんだよ」

「自分もGボーイズにはいれますか。おれ、誰でもいい人間はもう嫌なんです」

　おれはこぶしをさしだした。藤本もこぶしをだす。角をこつんとあわせた。Gボーイズ風の挨拶だ。

「キングに推薦しといてやるよ。おまえはずっと誰でもいいやつなんかじゃなかった。そう信じてみろよ。おまえが飛んだとき、マサルは思いきり泣いてたぞ」

　おれはパイプ椅子に座る藤本の地元の先輩に目をやった。口をへの字に曲げて、涙をこらえている。涙もろい先輩。

帰り道、またタカシに電話をいれる。

細かな雨がなぜか気もちよかった。病院のエアコンが効きすぎていたのかもしれない。

「中丸町か。すぐに張りこみをつける。よくやってくれた、マコト。つぎの手順はどうする?」

「十分で帰る。タカシはうちにこられるか」

通話の背景に自動車の走行音がきこえる。おれのイメージではタカシはいつも移動中。

「ああ、すぐにいく」

「わかった。藤本がGボーイズにはいりたいそうだ。面倒見てやってくれ」

「マコトがスカウトしてくるなんて、めずらしいな。おまえならすぐに幹部あつかいでいれてやるんだが」

「嫌だよ。タカシの部下にはなりたくない。あとでな」

通話を切った。おれはのんびりと口笛を吹きながら、西一番街にもどっていく。曲は例の「韃靼人の踊り」。能天気なものだ。店でなにが待っているのか、想像もしていなかった。


先に着いていたのは、Gボーイズの黒いRVだった。こぬか雨のなかタカシとおふくろが呆然と突っ立っている。うちの店はめちゃくちゃにされていた。メロンは割られ、棚はなぎ倒され、店先の台はひっくり返されている。

タカシがしぼりだすようにいった。

「おれのせいです。おふくろさん、すみません」

白いコートでひざをつき、砕けたフルーツを素手で片づけ始める。おれもタカシとならんで売りものにならなくなった果物を拾いだした。空気が湿っているせいか、あたりはやけに甘ったるいフルーツの匂いでいっぱい。おふくろを見ないようにしてきいた。

「なにがあったんだ?」

おふくろもほうきで店先をはきだした。怒っているというより、脱力した声。

「なにがなんだかわからなかった。目だし帽をかぶった若い子が四人。なにもいわずに店にはいってきて、めちゃくちゃに暴れていった。あれはなんだったんだろう。今日はあと片づけだけして、店を閉めるしかないのかね」

目だし帽。腐ファイだ。タカシはおれと目があうと、唇だけで腐ファイといった。

それから三十分、Gボーイズの運転手やボディガードも加わって、店の掃除をした。おふくろにいう。

「なにがあっても、店を閉めたらダメだ。おれはタカシと話をしてくるけど、そのあとで店番やるから。絶対に開けといてくれ」

腐ファイに荒らされたくらいで店を閉めていたら、やつらの思うつぼ。おれは死んでも店を開けるつもりだった。


タカシご自慢の白いダッフルコートは、果汁でどろどろ。メルセデスの車内は甘い匂いだった。

タカシは無表情にいった。

「果物ってすごいな。石鹸《せっけん》で洗っても匂いがとれない」

やつはきれいになった手で髪をなでつけた。ひどく冷静だ。ということは、キングは心底怒っているということ。どうでもいいという調子でいう。

「腐ファイをおれの目のまえに連れてこい。さっきのメロンのようにしてやる。おまえのおふくろさんを悲しませた罪は重い」

おれは怒りを隠して、にやりと笑ってやった。ここはおれが冷静にならないとな。

「腐ファイを潰すのはいいけど、殺すなよ」

助手席で果汁まみれの突撃隊長が不服のうなり声をあげた。やつの新品の革ジャンはオレンジのいい匂い。

「もう店を襲われるのは嫌だからな。こっちから誘いだして、片をつける。そのための駒はさっき手にはいった」

タカシが笑った。運転手と助手席はわからないようだ。

「ダンゴとヤス」

「そうだ。やつらに金ができたといって、腐ファイを呼びださせる。あとはタカシにまかせるよ」

タカシは自分のコートの袖の匂いをかいでいった。

「柑橘系の匂いは悪くないな。そうなると包囲殲滅《せんめつ》戦だ。今日中にやつらを潰す。今夜、突撃隊に招集をかけろ」

「はい、キング」

助手席から威勢のいい返事が届いた。

ＲＶはそのまま五分のドライブで、中丸町に到着した。藤本のアパートは古いモルタルの二階建て。別の国産ＲＶがとまっている。ステッカーを見た。ＧＢのマーク。先行していた張りこみのクルマだ。雨のなか伝令がやってきた。パワーウインドウがおりると、幼い顔だちのＧボーイがいった。

「朝から人の出入りはありません。テレビの音がきこえたので、なかに人がいるのは確かです」

タカシはアパートを見あげていった。

「２０１だったな。マコト、いっしょにこい」

助手席の突撃隊長が身をのりだした。

「ふたりでだいじょうぶだ。荒事はない。説得にいくだけだからな。いくぞ、マコト」

おれは黙って、ＲＶをおりた。濡れたパーカーで、タカシと外階段をあがる。錆《さび》どめの塗料が何層にも塗られた階段は、きーきーと悲鳴をあげた。

インターホンを押したのは、おれだった。返事はない。だが、薄っぺらなドアのむこうで誰かが息を殺しているのは、よくわかった。

「入院中の藤本から伝言がある。ドアを開けてくれ。ここにＧボーイズのキングもいる」

最後のひと言で魔法のようにロックがはずれた。おずおずと気の弱そうなリーゼントが顔をのぞかせる。こいつがヤスか。

「……キング。すみません」

タカシとおれは狭い玄関で靴を脱ぎ、1Kの部屋にあがった。ちゃぶ台のむこうでヤスとダンゴが正座している。壁には五年ばかりまえのアイドルのポスター。こいつは今、離婚調停中のはずだ。

「Gボーイズの顔に泥を塗って、すみません」

すみませんのところだけ、声がそろった。OKグループの元アルバイト、今は引ったくり犯のふたりが土下座をしている。タカシは声をかけた。

「頭をあげろ。おれに謝る必要などない。このまま逃げられるとは思っていないだろうな」

「……はい」

噴火口でものぞいているように決して顔をあげようとしない。

「おまえたちが協力してくれるなら、最高の弁護士をつけて自首させてやる。Gボーイズは決してメンバーを見捨てない」

「ほんとうですか」

リーゼントが顔をあげた。おれはいった。

「ああ藤本とキングが約束した。あいつ下半身ギプスでがちがちなのに、おまえらのこと心配してたぞ」

正座してひざのうえで固められたこぶしが白くなっていた。ダンゴの肩が震えている。

「おれたちなにをすればいいんですか。なにをすれば、キングや藤本さんに恩を返せるんですか」

おれはタカシと目をあわせ、うなずいた。

「電話を一本かけてくれ」

不思議そうにヤスがいう。

「誰に」

「腐ファイだ」

引ったくり犯はキングを見たときと同じように硬直した。よほど腐った五人が恐ろしいのだろう。

「違約金を引っ張られてるくらいだから、連絡先くらいわかるだろ。今夜十二時、場所は雑司ケ谷霊園だ。そこにこいといえ。違約金全額の工面ができたと」

ダンゴとヤスは顔を見あわせて迷っている。タカシがいった。

「おまえたちはわかってないな。腐ファイの何倍も、Gボーイズは恐ろしくなれるんだぞ。この先誰といっしょにいるつもりなんだ」

リーゼントがいった。

「わかりました。いつやりますか」

キングは冷ややかにいう。

「今、ここで」

真夜中の雑司ケ谷霊園はいうまでもなく静かだ。

ここは宗教宗派ともに関係ないので、十字架もイスラム式の墓もある。夕方になって雨はあがったけれど、湿った重い空気があたりに流れて、白い靄《もや》が浮かんでいた。サンシャイン60は白く浮きあがり、クリスマスまえの街を照らしている。

待ちあわせ場所は霊園の一番東、大塚寄りの十字路だった。ヤスとダンゴは二十分まえから待機している。おれとタカシはRVのなか。霊園入口からすこし離れたところに停車していた。園内と各入口には張り番がついている。

真夜中の五分まえ、首都高に近い入口から連絡があった。

「腐ファイの三人、高架下でタクシーをおりて現地にむかいます」

三十秒ほどして、つぎの連絡。

「腐ファイ二名、円常寺まえ入口からはいります」

タカシとおれは地図を確かめていた。こういうときはネットではなく、紙の地図がいいよな。

「ヤスとダンゴのいる十字路を南北からかこむように詰めているな。おれたちもいくぞ」

タカシとおれ、突撃隊の隊長がRVを静かにおりた。霊園の入口にむかう。

雨あがりの真冬の霊園って、ムードありすぎだよな。

おれたちが四つ角についたときには、ヤスとダンゴは腐ファイにとりかこまれていた。リーゼントがこ突かれている。タカシの声は氷の柱でも打ったように夜のなかよく響いた。

「それまでだ。腐ファイの五人、今日でおまえたちのチームは解散だ」

タカシがまえにでて、片手をあげた。墓石や木々に隠れていたGボーイズが湧きだすようにあらわれた。総勢二十名はいる。じりじりと距離を詰めてきた。腐ファイリーダー、長身の山本雅紀が口を開いた。

「安藤か。いつもぞろぞろ手下を連れてるな。ひとりじゃ勝負にならないのか」

腐ファイがにやにやと笑いだした。タカシも愉快そうにいう。

「おまえたち相手に五人抜きでもやってみるか。腐った肉を打つこぶしはないんだがな」

突撃隊長がいった。

「やめてください、キング。こんなやつらかこんで、ぼこぼこにしてやればいい。無理をする必要はありませんよ」

タカシはダウンジャケットを脱いだ。色違いの黒いブランドもの。

「マコトもっててくれ。今回腐ファイはおふくろさんの店に手をだした。こいつらにはおれがペナルティをくれてやる」

キングがすたすたと歩きだした。肩をゆっくりとまわす。

「誰でもいいぞ」

黒いジャージの小柄なガキがまえにでた。

「おれにやらせてくれ。安藤とは一度やってみたかった」

リーダーの山本がうなずいた。日本拳法をつかうというちび。やつもタカシと同じ速さで歩いてくる。ちょうど交差点の中央だった。先に動いたのは鏡島鋼。なんの予備動作もない正拳突きが、タカシの心臓めがけて打ちだされる。タカシの背中に動きはなかった。

左腕が正拳突きをボクシングのパーリングの調子ではねると、右手が走る。得意のジャブストレートだ。腕が伸びたようには見えなかった。気がつくと元にもどっている。鏡島がその場にすとんと落ちた。あごの先を打ち、脳を揺らすピンポイントの一撃だ。

「つぎ」

タカシはそのまま歩いていく。Gボーイズも腐ファイもキングの圧力にのみこまれていた。

「くそー、つぎはおれだ」

真冬にTシャツ一枚の巨漢だった。こいつがマサルの腕を折ったパワーファイターだろう。ツネ、上岡恒美。男は電柱のような腕を広げて突進してきた。つかまえてしまえば、圧倒的な力と体重でどうにでもなる。そう思っているようだ。墓石の森のなか白いTシャツが季節はずれの幽霊のようにはためく。タカシはぎりぎりまで動かずに、距離を詰めさせた。上岡の指先がかかる直前、左にフェイントをいれてから右にサイドステップ。

タカシの口からちいさなチャイムでも鳴らしたような澄んだ金属音がきこえた。

「チッ！」

巨漢は方向転換ができなかった。顔の横からまた同じジャブストレートが正確に飛び、あごの先端を打つ。体重百キロを超える男が沈むと、地響きに似た衝撃が起きた。腐ファイのリーダーにもあせりの色が濃かった。一瞬でふたりが倒されたのだ。上岡と鏡島にはGボーイズの突撃隊が駆け寄り、うしろ手に拘束バンドをはめていく。

「ヨシ、タツ。ふたりで一気にかかれ」

ヨシは津々木喜朗。腰のケースからナイフを抜いた。長さは十センチすこしの小振りなものだが、両刃で中央には血抜きの溝が刻んである。殺すための道具だ。公元達明は長いドライバーを抜いた。もち手は黄色い樹脂製。海外ものだろう。先をグラインダーでとがらせた得物《えもの》で、拷問好きな公元には似あいだった。

タカシは足をとめて、ちいさくステップを踏み始めた。ナイフを抜いた腐ファイを見て、突撃隊長が叫んだ。

「防刃ベスト着たやつ、まえへでろ」

「いや、いいんだ。まかせろ」

タカシが鋭く叫んだ。白い靄が墓地を流れていく。とんとんとタカシが踏むステップの音だけ響き、誰もが息をするのも忘れているようだった。得物をもった敵がふたり。おれは冷静に考えていた。素手なら同時にかかれるが、武器をもったらそれは無理だ。味方の得物で同士討ちになる可能性がある。ナイフならばおおきな血管を切断すれば、秒単位で失血死する。そうなると津々木と公元は必ず時間差でくるはずだ。

タカシはそこに刹那《せつな》の勝機を見ているはずだった。


最初に飛びこんできたのは、ナイフつかい。右手を横に払い、返す切っ先でタカシの首筋を狙った。タカシは動くものを正確に射貫《いぬ》く視力と技術をもっている。左腕が走り、津々木の右手首内側を鋭く打った。とり落としはしないが、ナイフの握りが甘くなる。

ツーブロックのこめかみに汗が流れていた。タカシはそこを見逃さなかった。右のジャブストレートが正面からあごを打ち抜く。津々木が落ちると、その陰からとがったドライバーが突きだされた。容赦のない刺突《しとつ》で、ドライバーの先端がタカシの胸に沈んだように見える。

「もらったぞ、安藤」

公元が叫んだ。おれは悲鳴がでそうだった。まっすぐにさがると危険だ。そのまま公元は全体重をかけて押しこんでくるだろう。ドライバーの全長が刺されれば命はない。それでもタカシの表情は変わらなかった。身体を斜めに振りながら素早く後退した。同時におりていた右手が斜め下方から振りあげられる。アッパー気味の一撃はあごの先をかすっただけに見えた。

ドライバーが石畳に落ちる音がきこえた。公元の身体が立てる鈍い音はその直後だった。

タカシはおれを見た。シャツが裂けて、したのタンクトップに血がにじんでいる。白い息を長々と吐いていった。

「今のはここ何年かで、一番やばかった」

腐ファイの五人のうち四人をあごへの一撃で瞬殺した。おれとその場にいたGボーイズは、タカシの新たな伝説の目撃者になったのだ。霊園のあちこちで歓声が爆発した。どこか林立する墓石までよろこんでいるように見えたから不思議だ。

「動くな、安藤」

残されたリーダー・山本が叫んでいた。いつの間にかナイフを抜き、リーゼントのヤスに突きつけている。

「おまえら全員動くなよ。動けば、こいつにブスリだ」

山本の手首に紺色のタトゥがのぞいていた。やつはヤスの首に腕をまわし、じりじりと後退しようとしている。突撃隊長がいった。

「おまえ、ひとりで逃げるのか。うちのキングとは大違いだな」

そのときおれは見たのだ。ヤスがタカシにむかって、ちいさくうなずくのを。リーゼントがいきなり叫んだ。

「おれは恩を忘れねえ」

素手でナイフの刃をつかみにいく。ヤスは首にあてられたナイフの刃を右手でつかみ、左手で山本の手首を握っていた。

「キング、頼みます」

タカシは稲妻のように駆けた。ナイフをつかまれたリーダーは動けなかった。タカシの右が見えていたのかも怪しいものだ。電光のような右のジャブストレート。予備動作のない最短距離をいく一撃だった。

ヤスと山本はもつれるように倒れた。タカシは裂けたシャツで見おろしている。ヤスに手を伸ばすといった。

「おまえ、なかなかやるな。いつまでも待ってやる。Gボーイズに帰ってこい」

ヤスは血まみれの右手でキングと握手した。男泣きしている。タカシがいった。

「腐ファイを運べ。撤収だ」

おれたちは幽霊のように誰にも見られずに広大な霊園から離れた。

そいつが白い靄のなか、クリスマスまえの雑司ケ谷霊園で起きたことだ。だからキングが竜巻のようにすさまじい勢いで回転し、腐ファイの五人を二秒で殲滅したという池袋の街の噂はでたらめもいいところ。

すくなくとも全部で二分半はかかっていたからな。


腐ファイの五人はウエストゲートパークのベンチに、なかよくつないで放置した。匿名《とくめい》の通報で駆けつけた池袋署の警官が、翌早朝緊急逮捕したという。まあ血のついたナイフやドライバーをもったガキが三名いたし、マサルの供述があったから当然だよな。

やつらはＯＫグループからの依頼についてあっさりと吐いた。守るような相手でもないのだろう。恩を仇で返すという見本だ。大木啓介社長からの直接の命令はなかったそうだ。マスコミに腐ファイとの関係が漏れると、大木は即座に憲兵隊の隊長・根本の首を切った。いちおう根本が担当だったということになっているが、大木がなにもしらなかったはずはない。そのあたりは続報を待とう。

クリスマスがきても、藤本はまだ入院していた。案外病院のなかでもいそがしくしているらしい。あいつはＯＫグループの従業員が起こした集団訴訟の原告メンバーのひとりなのだ。そこには当然、マサルや嶋津千枝の母親の名前もある。母親は一億円を超える賠償金を求めて、単独でもＯＫグループを訴えるそうだ。タカシのこぶしではないから、法廷での闘いはこれから何年もかかるだろう。時間がかかっても勝利がまず間違いないのなら、おれは別にいいと思う。

ＯＫグループでは集団離職があいつぎ、今では半数の店舗がシャッターをおろしたままになっている。もう大木啓介の口当たりいい「感謝と感動」の経営を鵜呑《うの》みにする人間は誰もいなかった。新たな社員が集まらないので、新規事業もすべて凍結されるという。

朝の安眠妨害、「ＯＫカレー二百九十円」もなくなった。

それが今回個人的には一番うれしかったことかもしれない。

クリスマスイブ、タカシは宣言どおりにシャンパンとチーズをもって、おれの家にやってきた。おれはチーズは苦手だから、ほんのすこしかじるだけ。おふくろとおれとタカシ、三人でフルートグラスで乾杯する。グラスは店を荒らされた謝罪だといってプレゼントされたもの。バカラの赤い箱をおれは生まれて初めて見た。

暖房が暑すぎて、二階の窓を開けて冷たい空気をダイニングキッチンにいれてやる。窓のむこうにはクリスマスの池袋駅西口が広がっていた。街ゆくサラリーマンも今夜はすこしだけうれしげだ。おれは今回すこし気になっていることをきいた。

「タカシはなんで腐ファイの五人全部、ひとりで相手しようと思ったんだ?」

樽《たる》の香りがハチミツみたいなシャンパンをひと口やって、タカシがクリスマスの池袋に目をやった。路上には黒いＲＶが待機している。やつがここにいられるのは一時間だけ。あとには聖なる夜の執務が待っている。

「なんでだろうな。ここの店に手をだされて、切れたのかもしれない。おれは家族いないだろ」

父と母が亡くなり、兄も亡くなった。タカシはひとりで生きている。しらないやつは『キング誕生』でも読んでくれ。

「マコトのところが家族みたいなものなのかもしれないな」

うちのおふくろを見ていう。

「手料理もうまいし、居心地もいいし。このあと朝まで五件もパーティをはしごするんだ。面倒だな」

おふくろがにこにこしながらタカシにいう。おれには決して見せないとろけるような笑顔。

「じゃあタカシくん、お腹が空くだろう。ケーキなんて腹の足しにはならないからね。今おにぎりつくってあげるから、もっていきなさい。クルマのなかで待ってる子たちの分もね」

おふくろはせっせと手づくり梅干のおにぎりをつくり始めた。おれとタカシはアルミサッシの窓に腰かけ、高価なグラスから高価なシャンパンをすすった。聖なる夜のイブが静かにすぎていく。日本には神さまが八百万もいるという。世界中がこの夜を祝えるといいのにと、おれは思った。ブッダでもキリストでもムハンマドでも、別にいいじゃないか。全員の誕生日を祝って、ご馳走でもくえばそれでいいのだ。

人の一生など憎みあうだけで過ごせるほど、長くはないのだから。

おれはタカシとグラスをあわせると、メリークリスマスといった。

なんだ、それ気もち悪い。それがやつの返事。あと三センチばかりやつの胸にドライバーが深く刺さればよかったのに。おれはそう思いながら、泡立つ爽やかな酒をのんだ。

初出誌「オール讀物」
西池第二スクールギャラリー　二〇一五年一月号
ユーチューバー@芸術劇場　二〇一五年四月号
立教通り整形シンジケート（西池袋整形シンジケートより改題）　二〇一五年八・九月号
西一番街ブラックバイト　二〇一五年十二月号・二〇一六年一月号

写真（カバー・目次）　新津保建秀
装幀　関口聖司
イラストレーション　北村治

西一番街《にしいちばんがい》ブラックバイト
池袋《いけぶくろ》ウエストゲートパークXII

2016年 8月 5日　第1刷

著　者　石田衣良《いしだいら》
発行者　吉安　章
発行所　株式会社　文藝春秋
東京都千代田区紀尾井町 3-23
郵便番号　102-8008
電話（03）3265-1211
印刷　凸版印刷
製本　加藤製本
定価はカバーに表示してあります。

ISBN978-4-16-390499-3